ANA LÚCIA FERREIRA CAVALIERI
ANTONIO CARLOS EGYPTO

DROGAS E PREVENÇÃO
A CENA E A REFLEXÃO

Conforme a nova ortografia

6ª edição atualizada

Editora Saraiva

Editor
Rogério Gastaldo
Editora-assistente
Solange Mingorance
Assistente editorial
Elaine Cristina Del Nero
Secretária Editorial
Rosilaine Reis da Silva
Suplemento de trabalho
Ana Lúcia Ferreira Cavalieri e
Antonio Carlos Egypto
Revisão
Pedro Cunha Jr. / Lilian Semenichin (coords.) /
Livia Maria Giorgio / Veridiana Cunha / Janaína da Silva
Gerência de arte
Nair de Medeiros Barbosa
Supervisão de arte
Antonio Roberto Bressan
Projeto gráfico
Hamilton Olivieri Junior
Capa
Antonio Roberto Bressan
Diagramação
Alexandre Silva
Infográficos
Alex Silva
Assistente de produção
Marcia Alessandra Trindade
Produção gráfica
Rogério Strelciuc
Impressão e acabamento
Brasilform Editora e Ind. Gráfica

Dados Internacionais de Catalogação na Publicação (CIP)

Cavalieri, Ana Lúcia Ferreira
Drogas e prevenção : a cena e a reflexão / Ana Lúcia Ferreira Cavalieri, Antonio Carlos Egypto. — São Paulo : Saraiva, 2013.

ISBN 978-85-02-19942-2

Bibliografia.

1. Drogas - Abuso - Estudo e ensino 2. Drogas - Abuso - Prevenção 3. Juventude - Uso de drogas 4. Teatro na educação 5. Toxicomania I. Egypto, Antonio Carlos. II. Título.

CDD-362.2917

Índices para catálogo sistemático:

1. Drogas : Uso : Prevenção : Problemas sociais 362.2917
2. Prevenção : Uso de drogas : Problemas sociais 362.2917

Editora Saraiva

SARAIVA Educação S.A.
Avenida das Nações Unidas, 7.221 — Pinheiros — CEP 05425-902 — São Paulo — SP
www.editorasaraiva.com.br

Tel.: (0xx11) 4003-3061
atendimento@aticascipione.com.br

5ª tiragem, 2017

CL: 810150
CAE: 571394

SUMÁRIO

ALGUMAS CONSIDERAÇÕES

É inegável o fascínio e a mobilização que o tema drogas desperta em nossa sociedade. A mídia aproveita o mote e adentra os lares, as cabeças, reportando narcotráfico, apreensões, consumo abusivo ou a discussão a respeito da legalização da maconha.

Enquanto isso, um aspecto muito importante dessa questão – a prevenção ao uso de drogas — não desfruta o mesmo espaço. Quase sempre é relegado para depois, com aparência de negligência ou desatenção ao assunto.

Acreditamos que a educação preventiva ao uso de drogas começa com o trabalho de promoção de saúde e deve iniciar bem cedo, atingindo as crianças pequenas e se estendendo a adolescentes, jovens e adultos, com programas de cidadania, valorização da vida e prevenção às drogas nas escolas, associações, clubes recreativos e empresas.

Partindo dessas constatações, este livro objetiva contribuir com o trabalho que já vem sendo desenvolvido na área de prevenção, possibilitando reflexão, pesquisa, discussão e troca de informações. Na abordagem do assunto, fazemos uso do teatro como um elemento atrativo e sedutor para o envolvimento de nossos leitores.

As cenas teatrais funcionam como elemento provocador, remetendo à realidade, ao nosso cotidiano. As cenas falam das drogas psicoativas, drogas de todo dia, abuso do álcool, tabaco, narcotráfico e outros.

E por que abordar o tema "prevenção às drogas" por um caminho instigante, envolvente? No intuito de redimensionar esse assunto tão controvertido e tão inexplorado, propomos um novo enfoque, desta vez calcados na arte cênica. Com o anteparo das personagens e situações fictícias – a arte imita a vida ou a vida imita a arte? —, as cenas pretendem despertar no leitor um olhar reflexivo e crítico.

Num momento em que se dá mais importância à visibilidade do que ao conhecimento, é preciso reafirmar que acreditamos que educar, hoje, é ajudar a buscar o sentido para o existir. Educar é possibilitar um existir mais pleno e feliz.

Ana Lúcia Ferreira Cavalieri

DICAS PARA O USO DO NOSSO LIVRO

Todos os capítulos começam com uma cena teatral (eventualmente duas). Que tal ler a cena e ver o que ela produz em você, o que você sente e pensa sobre aquilo? Se você estiver em grupo, melhor ainda: que tal trocar ideias sobre o que cada pessoa pensa e sente sobre a situação colocada pela cena?

Após considerar os ideais e os sentimentos de cada um e debater um pouco a situação, é hora de ler a reflexão do capítulo, que dialoga com a cena proposta, e ver que elementos novos ela traz para você ou para o grupo. No que foi que a gente não tinha pensado? Que ângulo novo o texto me trouxe à reflexão? Que polêmica ou dúvidas ele suscitou em mim (ou em nós)? Assim vamos *pensando* sobre um tema complexo, que exige reflexão, para que possamos entendê-lo melhor, saindo do lugar-comum.

Se você que está nos lendo é um educador, já percebeu que estratégia pode utilizar. Primeiro a discussão em grupo da cena, depois o debate com base no texto proposto para a reflexão. Pode-se ir além da simples discussão da cena. Pode-se fazer uma leitura dramática, com cada pessoa assumindo uma personagem. E, é claro, pode-se representá-la antes de debatê-la. Se esse processo for feito com todos os capítulos do livro, você estará promovendo um curso de prevenção ao uso indevido das drogas, com base numa abordagem participativa.

Isso pode ser feito na escola, coordenado pelo professor, mas também de forma autônoma por qualquer grupo que queira pensar o assunto. Cabe informalmente na escola (no grêmio, na Associação de Pais e Mestres, numa área de ensino, num grupo de educadores interessados etc.). Cabe em qualquer associação, clube, paróquia ou grupo de estudo interessado no tema.

A leitura individual e silenciosa do livro também pode ser muito útil e esclarecedora para você que é jovem, ou pai, ou mãe ou educador. Quem tem interesse no tema das drogas psicoativas encontrará informações e questionamentos que podem ajudá-lo a se posicionar mais claramente e agir.

O livro não esgota o assunto, nem seria possível fazê-lo pela amplitude e multiplicidade de aspectos que comporta, mas ele pretende provocar a conversa, questionar, enfrentar a questão das drogas. Muita coisa vai ficar faltando ao final destas páginas, muitas dúvidas persistirão, outras novas certamente vão aparecer. Sinal de que estaremos caminhando na compreensão deste assunto tão desafiador nos tempos atuais. É isso o que buscamos: abrir, ampliar o debate, educar, fazer pensar. Quem quiser, embarque conosco nesta viagem. Seja qual for a sua posição, será sempre bem-vindo. Mas venha aberto a novas ideias, está bem?

Antonio Carlos Egypto

AS DROGAS PSICOATIVAS NA HISTÓRIA

10000 a.C.

- Quando a agricultura desponta na história, já há evidências do cultivo de plantas com substâncias psicoativas.

6000 a.C.

- Há evidências do cultivo de tabaco por habitantes nativos da América do Sul.

5400 – 5000 a.C.

- Resíduos de vinho são encontrados em jarro de barro, no norte do Irã, a mais antiga evidência da existência da bebida.

4000 a.C.

- Fibras de cânhamo encontradas na China são desse período.
- A produção de vinho e cerveja, no Egito, também é dessa época.

3500 a.C.

- Os sumérios já se utilizariam do ópio.

2700 a.C.

- Evidências do consumo da planta da maconha – a *cannabis*, na Europa Oriental.
- A folha da coca já é consumida na América do Sul.

2000 a.C.

- Nativos da América Central erguem templos para cogumelos, encarados como deuses.

800 a.C.

- A Índia produz bebidas alcoólicas destiladas.

300 a.C.

- O ópio chega ao Ocidente.

Início da era cristã

- A *ayahuasca* já era conhecida pelas civilizações amazônicas.

450

- O uso das folhas de coca se torna rotineiro na cultura inca.

1492

- Cristóvão Colombo descobre o tabaco, utilizado por indígenas do Caribe.

Século XVI

- Portugal e outros países europeus passam a consumir ópio.
- Américo Vespúcio faz relatos sobre o uso da coca.
- O peiote era utilizado em cerimônias religiosas, na época do descobrimento da América.
- Os espanhóis levam o tabaco para a Europa.

Séculos XVI a XIX

- A maconha é consumida no Brasil, principalmente por índios e negros.

Século XVII

- A Holanda inventa o gim.
- O ópio se dissemina na China.

Século XVIII

- O cânhamo é usado como planta medicinal no Ocidente.
- Descobrem-se os efeitos do absinto.
- O ópio, cultivado livremente, é utilizado por soldados na guerra civil norte-americana.

Século XIX

- São criados os cigarros e charutos em substituição aos cachimbos, para o consumo do tabaco. Já se suspeitava dos males que o hábito de fumar poderia trazer à saúde.
- Guerras pelo comércio do ópio entre Inglaterra e China.

1805

- É descoberta a morfina, o mais poderoso analgésico, extraída do ópio.

1840

- O absinto se populariza, como bebida, na França.

1845

- Primeiro estudo descreve os efeitos de drogas alucinógenas na percepção humana.

1850-60

- A cocaína é produzida a partir das folhas de coca.

1868

- Primeira lei antidroga formulada pela Inglaterra proíbe a venda de ópio e outras drogas sem licença.

1874

- A heroína é inventada, a partir do ópio, na Inglaterra, e a sociedade inglesa cria organizações para o combate ao comércio do ópio.
- O fumo do ópio é proibido em São Francisco, Estados Unidos.

1886

- O refrigerante Coca-Cola é patenteado; sua receita inclui cocaína, assim como o vinho de coca Mariani.

1887

- A Alemanha produz a anfetamina.

1896

- É descoberta a mescalina, extraída do cacto peiote.

1898

- A indústria farmacêutica Bayer produz comercialmente a heroína, como remédio contra a tosse.

1900-10

- Pesquisadores descobrem o ácido lisérgico.
- Relatados os primeiros casos de problemas de saúde associados à cocaína.
- A receita da Coca-Cola sofre mudanças, excluindo a cocaína da sua fórmula.
- O fumo de ópio se torna crime nos Estados Unidos.

1910-20

- A cocaína e os derivados do ópio, como a heroína, são proibidos. A cocaína é banida também da Inglaterra, mas há prescrição medicinal do ópio para reduzir o sofrimento de dependentes.
- É respeitado o uso do peiote para fins religiosos nos Estados Unidos e Canadá.
- É sintetizado pela primeira vez o MDMA (metilenodioximetanfetamina), que mais tarde se conhecerá como *ecstasy*.

1919-33

- Vigora a "Lei Seca", nos Estados Unidos, que proibia fabricação, transporte, venda ou porte de todas as bebidas alcoólicas. Disseminou-se o gangsterismo e a corrupção policial, que seriam objeto de filmes famosos em Hollywood e em todo o mundo.

1930

- A maconha é proibida nos Estados Unidos, que faz campanha para estender tal proibição em todo o Ocidente.
- Nasce a religião do Santo Daime, que faz uso ritual da *ayahuasca*.

1938

- São descobertos acidentalmente os efeitos alucinógenos do LSD (ácido lisérgico) pelo químico suíço Albert Hofmann.

1939-45

- A Segunda Guerra Mundial acaba por impulsionar o hábito de fumar e consumir drogas, como as anfetaminas. O uso de drogas foi estimulado pelo governo japonês para pilotos de guerra.

1950-60

- Os primeiros estudos relacionando fumo e câncer de pulmão aparecem.
- O escritor Aldous Huxley descreve os efeitos da mescalina, no livro *As portas da percepção*.
- Os Estados Unidos proíbem a heroína para qualquer tipo de uso.
- O LSD é estudado e se dissemina, tornando-se um símbolo da contracultura.

1960-70

- O uso de drogas psicoativas, como a maconha, a cocaína, a heroína, é incrementado nos Estados Unidos, com o advento da guerra do Vietnã e, a seguir, do movimento *hippie*.
- Movimentos estudantis, de contestação e contracultura, também disseminam o uso de drogas na Europa.
- A ONU apoia o combate ao consumo de opiáceos e cocaína.
- Marilyn Monroe morre por *overdose* de tranquilizantes.
- O LSD é proibido nos Estados Unidos.
- Estudos sobre drogas psicodélicas redescobrem o MDMA

1970-80

- França aprova lei que garante tratamento gratuito, anônimo e voluntário de dependentes de drogas.
- A disponibilidade de heroína nos Países Baixos (e na Europa em geral) é muito grande.
- O uso de anfetaminas se dissemina, os adeptos do movimento *punk* são alguns de seus principais consumidores.
- Grandes ídolos do rock morrem de *overdose* de drogas, como Jimmy Hendrix, Janis Joplin e Jim Morrison.
- A Holanda legaliza a venda de maconha em estabelecimentos públicos.
- O MDMA, conhecido como *ecstasy*, começa a ser amplamente usado.

1980-90

- A Holanda faz o primeiro programa de redução de danos, distribuindo seringas e agulhas a dependentes de heroína. A partir daí, o modelo europeu se diferencia claramente do modelo norte-americano da guerra contra as drogas.
- Surge o *crack*, a partir da pasta base da cocaína.
- O *ecstasy* se populariza por meio de festas *rave*, na Europa, e é proibido nos Estados Unidos.
- No final da década, o Brasil adere a programas de redução de danos similares aos da Holanda e de outros países europeus.

Anos 2000

- São marcados pelo consumo exagerado de medicamentos de todo tipo, incluindo as substâncias psicoativas.
- Os Estados Unidos financiam o combate ao tráfico e a produção de cocaína na Colômbia.
- O Canadá regulamenta o uso medicinal da maconha, admitindo plantio e comercialização do produto.
- Portugal descriminaliza o consumo de drogas.
- Brasil revisa ações e legislação antidrogas.

DROGAS DO DIA A DIA

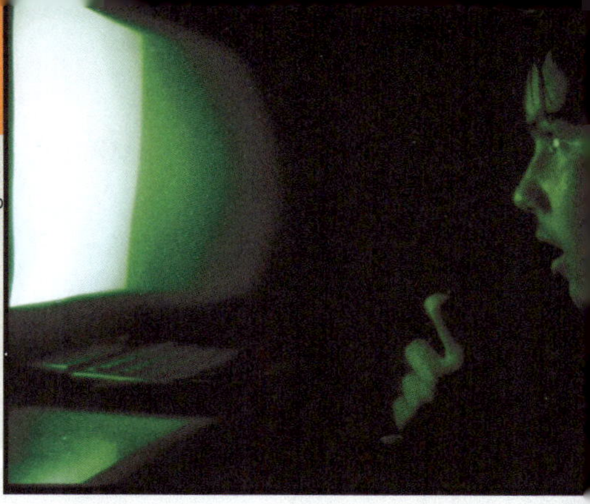
Imagebank

"Nenhum filho meu é viciado em drogas!"

(Mãe entra, puxando pelo braço Bruno, o caçula de seus quatro filhos. Desabafa, dirigindo-se a Maíra, outra filha.)

MÃE — Será possível? Meus filhos, um bando de alienados? O Marco não sai da internet e ainda deu pra contar mentiras! Hoje, se faz passar por um empresário de quarenta anos; ontem, foi uma perua, uma loira oxigenada! E você, Bruno, segue o mesmo caminho. (*Solta o braço do filho.*) Não desgruda um minuto do *videogame*, aliás, desgruda sim, só pra tomar refrigerante.

BRUNO — Por mim, eu colocava litros dentro do filtro e não tomava mais água.

MÃE — Não fale isso, menino! Tá ficando louco? Ninguém vive sem água!

MAÍRA — O Bruno quer provar o contrário. O negócio dele é a cola! Imagine, refrigerante no filtro... Viva a celulite! Meu Deus, quantas calorias! Milhares, o dia inteiro!

BRUNO — Você é louca! Só vê calorias, calorias, calorias!

MAÍRA — Olha aqui, pirralho, eu cuido da minha estética, não quero ficar "balofa" como alguns...

MÃE — Maíra, olha o respeito com seu irmão!

BRUNO — Ha ha ha... estética! Estética da fome, como disse o tio Pedro. Você tá parecendo um bicho magro, esfomeado!

MAÍRA — Gordo!

BRUNO — Tribufu! Não tem mais nada pra emagrecer, parece um esqueleto ambulante!

MAÍRA — Mãe, eu vou arrebentar esse menino!

BRUNO — (*Provocando.*) Com que força?!

MÃE — (*Nervosa.*) Chega! Parem já com essa discussão! Dois irmãos brigando desse jeito! Não existe mais respeito entre vocês? Hein?!

BRUNO — Foi ela que começou a provocar. Implica comigo agora, mas antes era louca por chocolate, comia sem parar, não ficava um dia sem comer!

MAÍRA — Isso é passado! A minha vida, agora, é outra!

MÃE — Eu não sei, não! Deixou o chocolate, mas, agora, não vive sem os comprimidos para emagrecer! A sua bolsa parece uma farmácia, anda obcecada com a ideia de ficar magra. Isso faz mal, minha filha... Não é desse jeito que você vai manter a forma. É preciso ter uma alimentação balanceada, saudável, comer verduras...

MAÍRA — Não, mãe! Já vai começar? Você devia ficar feliz com o meu regime pra emagrecer. Lá no colégio tem uma menina que emagreceu todos os quilos que queria, fazendo uma dieta diferente: cheirando cocaína!

MÃE — O quê?! Que absurdo! A Direção da escola sabe disso? Não, Maíra, não é possível uma loucura dessa. Deve ser história de adolescente.

MAÍRA — Cai na real, mãe!

MÃE — Olhem aqui, meus filhos, vocês podem fazer muitas coisas com as quais eu não concordo, mas, graças a Deus, nenhum filho meu é viciado em drogas! Deus nos livre de uma desgraça dessas!

(Entra Betão, o filho mais velho, frequentador de academias. Musculoso, quase um halterofilista.)

BETÃO — Oi, mãe! (*Olha para os irmãos.*) Os dois já estão brigando de novo? É falta do que fazer!

MAÍRA — Olha quem fala!

BRUNO — O rascunho de Rambo!

BETÃO — O galinho de briga já está com o peito estufado!

BRUNO — Estufado tá você, e inteiro! Parece um boneco de plástico! (*Rindo.*) O Betão vai estufar até explodir e ficar parecendo um balão murcho, empapuçado! (*Bruno e Maíra se olham, segurando o riso.*)

MÃE — (*À parte.*) Segundo tempo! Vai começar tudo de novo...

BETÃO — Ô bundão, eu tenho saúde, cuido do meu corpo, malho o dia inteiro numa academia! Não pareço um pão de queijo nem um palito de dentes! (*Dá risada.*)

MAÍRA — (*Irônica.*) O Rambo plastificado tem saúde! Vive a poder de energéticos e anabolizantes! Não é só o seu coração que vai pifar, não, tem mais alguma coisa...

MÃE — Vamos parar! Pelo amor de Deus, parem! É melhor cada um ir para seu quarto! Meu Deus, o que fiz pra merecer isso? Onde foi que eu errei? (*Os filhos vão saindo; a mãe fica só.*) É por isso que não durmo! Esses filhos não me dão sossego! A minha insônia é eterna... (*Lembra-se.*) Nossa! Meus comprimidos acabaram! Tomei o último a noite passada... É preciso comprar outros urgente!

(Entra em cena o pai.)

PAI — A luta terminou? Nossa, que cara é essa?

MÃE — Amor, meu remédio pra dormir acabou! Por favor, você precisa sair pra comprar...

PAI — O quê?! Agora? É tarde! Por que não viu isso antes? Querida, você precisa parar com essa mania... (*Procura alguma coisa nos bolsos da calça e da camisa. Fica nervoso.*) Onde estão meus cigarros? Como? Já acabaram? Será que tem mais gente fumando nesta casa?! Não posso ficar sem cigarros. Eu vou ter que sair e comprar...

MÃE — Então, aproveite pra comprar meu remédio! Vou pegar a receita!

DROGAS DO DIA A DIA

Drogas psicoativas estão no nosso dia a dia, fazem parte da vida de todos, de um modo ou de outro. A maioria das pessoas consegue fazer um uso adequado delas. Ou, pelo menos, um uso tolerável, que não chega a comprometer a saúde e a vida.

Stockphotos

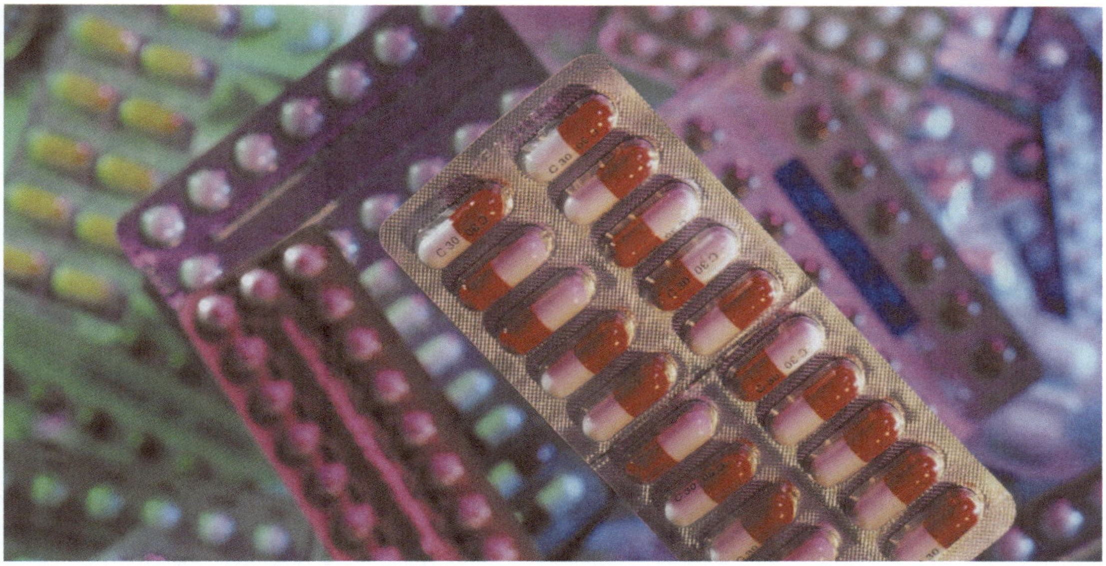

O problema começa quando o hábito se instala e se começa a viver em função das drogas. Os outros, que estão à nossa volta, veem o que acontece e só a gente acha que está tudo bem. "Qual é? Isso não afeta a minha vida e quando eu quiser eu paro!" Será mesmo?

Antes de acusar os outros, como os nossos personagens, que tal observar os nossos próprios hábitos e dependências das drogas no nosso cotidiano?

A mãe, tão zelosa e apavorada com o "vício das drogas", é dependente de remédio para dormir, que mesmo com receita médica envolve riscos no seu uso abusivo. O pai é dependente da nicotina do tabaco do cigarro, que é vendido livremente. (Bem, pelo menos há o alerta do Ministério da Saúde e as fotos impactantes nos maços. Mas será que as pessoas levam a sério esse alerta?)

O refrigerante à base de cola pode produzir em algumas pessoas uma dependência tal que, sem ele, não se come, não se vive. Conhecemos uma pessoa que saía de casa tarde da noite para comprar o tal refrigerante, porque não suportava a ideia de não tê-lo na geladeira na hora que quisesse bebê-lo (ou precisasse bebê-lo, poderíamos dizer).

A cafeína, presente no refrigerante, assim como no café e em alguns chás, é um estimulante que pode criar dependência. O que dizer de quem toma dez cafezinhos por dia? É um dependente de uma droga psicoativa, sem dúvida.

Bruno não vive sem sua "cola" e Maíra é obcecada por regime, vive à base de remédio para emagrecer. O culto à beleza também compromete o esportista Betão — sua droga são os anabolizantes. Tanto os remédios para emagrecer, as anfetaminas, quanto os anabolizantes podem causar estragos enormes à saúde, e são frequentemente ignorados ou minimizados pelas pessoas.

Algum desses personagens é livre, tem domínio de si mesmo? Ou todos dependem de drogas, cada qual à sua maneira?

Pois é, as drogas que eles usam são aceitas socialmente, vendidas em bares, supermercados, farmácias, academias... E podem causar tantos danos quanto as drogas legalmente proibidas. É curioso notar como a simples menção à cocaína assusta pessoas que não percebem que estão sendo dominadas por outras drogas ou hábitos prejudiciais. Os viciados em internet que o digam!

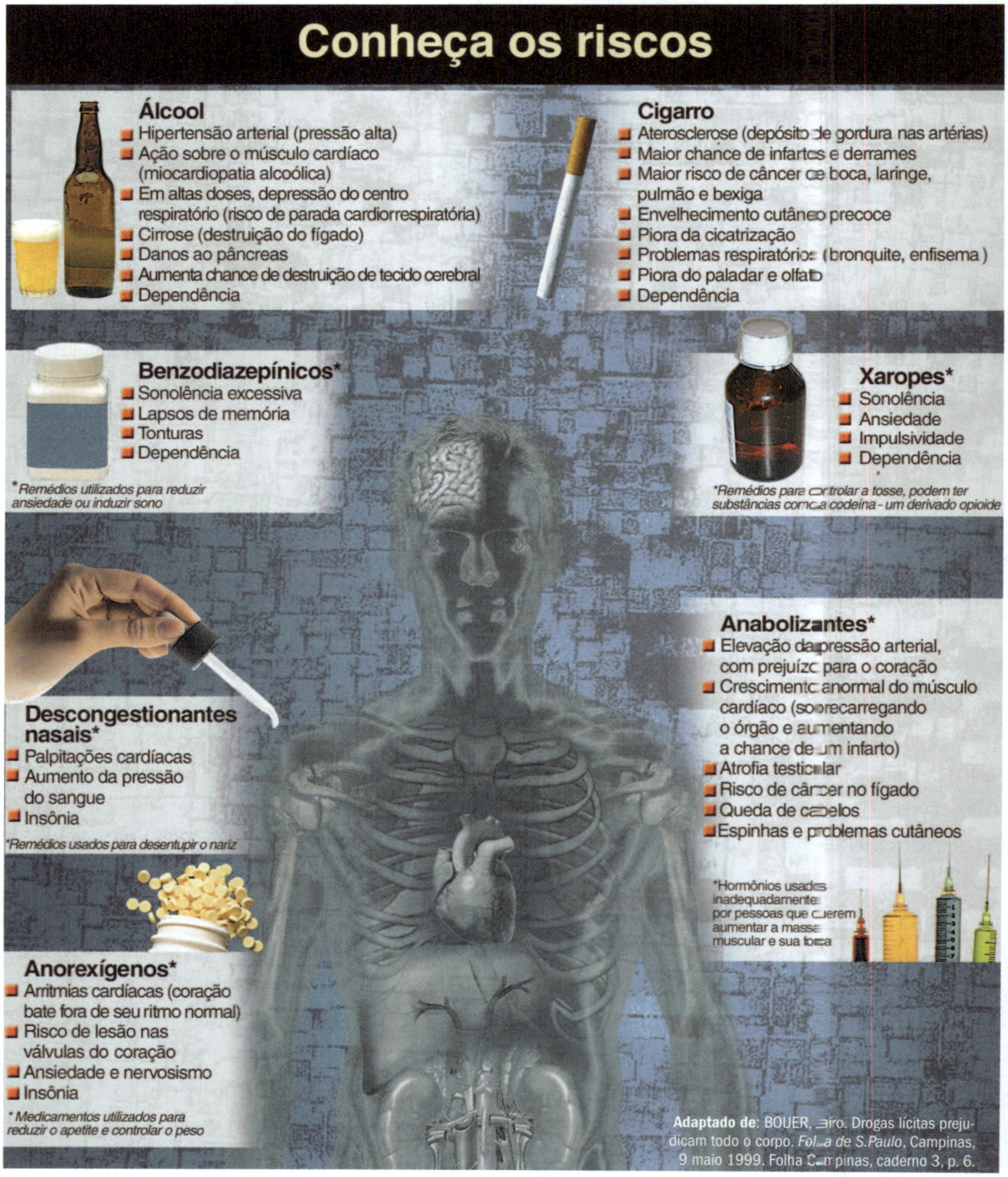

Adaptado de: BOUER, Jairo. Drogas lícitas prejudicam todo o corpo. *Folha de S.Paulo*, Campinas, 9 maio 1999. Folha Campinas, caderno 3, p. 6.

CLASSIFICAÇÃO DAS DROGAS

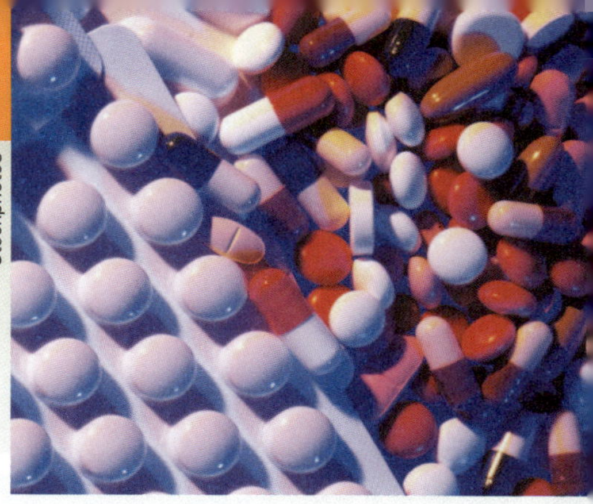
Stockphotos

“Essas drogas atuam no cérebro...”

(*Alunas se reúnem para um trabalho em grupo.*)

MILENA — (*Para Mariana:*) Ainda bem que chegou, só faltava você. Conseguiu o material?

MARIANA — Alguma coisa. Minha tia me arrumou uns textos...

RAQUEL — Eu recortei umas fotos e depoimentos que achei numa revista antiga. Vou fazer a capa usando essas letras vermelhas. Vai ficar legal e bem chamativo o título em vermelho — Drogas Psicotrópicas ou Psicoativas.

LAURA — É mesmo. Mas antes vamos pensar no trabalho, no que a gente vai escrever. Podemos fazer uma introdução, dizendo que essas drogas atuam no cérebro, alterando a mente.

MILENA — Alterando a mente... Não é melhor colocar que elas alteram o psiquismo?

LAURA — Tá bem, mas é a mesma coisa! Bom, depois falamos que essas drogas não são iguais, que elas causam coisas diferentes nas pessoas. É isso, não é?

MILENA — É sim, tá certo. São todas drogas psicotrópicas, mas vão atuar no cérebro de maneiras diferentes.

RAQUEL — De introdução já tá legal. Aí começamos o trabalho propriamente dito, falando que as drogas podem ser estimulantes, depre... como é mesmo?

MARIANA — Depressoras. Elas podem ser estimulantes, depressoras e perturbadoras. Ô gente, vamos fazer logo que ainda temos de estudar Matemática. Tem prova amanhã.

MILENA — Calma, uma coisa de cada vez. Então vamos fazer um rascunho. Escreve aí que as drogas estimulantes, quando usadas, aumentam a atividade cerebral, deixando a pessoa elétrica, ligada, hiperativa.

MARIANA — Cocaína e *crack* são estimulantes.

LAURA — Mas os remédios para emagrecer também são. Esses comprimidos são as tais anfetaminas. Tiram a fome e o sono. Quem usa fica ligadão.

MILENA — Ou ligadona. A amiga da minha mãe começou a usar e não consegue mais parar.

RAQUEL — Motorista de caminhão também usa pra ficar acordado e viajar a noite toda.

LAURA — Credo!

RAQUEL — E as drogas depressoras diminuem a atividade cerebral, deixando a pessoa "devagar", desligada, desinteressada das coisas.

MARIANA — A pessoa fica "pastel". (*Riem.*) O álcool é uma droga depressora. Olha, num desses textos que eu trouxe está dizendo que os opiáceos, que são derivados da papoula, como a codeína, a morfina e a heroína, são drogas depressoras.

LAURA — Lança-perfume também, remédios pra dormir, calmantes, cola de sapateiro, removedores, tintas...

MILENA — Ih, tem um monte de drogas depressoras. Mas vamos continuar. Por último, falamos das perturbadoras. (*Pega um texto.*) Aqui está escrito que essas drogas mudam a qualidade da atividade cerebral, provocando alterações da percepção e alucinações.

LAURA — Deixam a mente perturbada! Quem usa perde a noção de tempo e espaço. Elas alucinam. Por isso também são chamadas de alucinógenos.

RAQUEL — Maconha, LSD e *ecstasy* são perturbadoras. Eu não sabia.

MILENA — Nossa, até xarope pra tosse é droga perturbadora. Cogumelos, lírios!

MARIANA — Será que aquela planta que tem na casa da minha avó também é? Dizem que é venenosa. O nome dela é comigo-ninguém-pode...

(*Todas riem. De repente, Laura, quase num grito:*)

LAURA — Gente! E a prova de Matemática?!

CLASSIFICAÇÃO DAS DROGAS

Drogas psicoativas (ou psicotrópicas) são as que têm atração para atuar no cérebro, alterando o funcionamento do sistema nervoso central, produzindo modificações nos modos de pensar, sentir e agir das pessoas.

Elas podem ser classificadas em três grandes grupos: depressoras, estimulantes e perturbadoras.

As *depressoras* diminuem a atividade do cérebro, fazendo o sistema nervoso central funcionar de maneira mais lenta. O efeito dessas drogas na pessoa é o de deixá-la "desligada", "devagar".

Calmantes, remédios para dormir e controlar a ansiedade têm efeito depressor. Uma grande variedade de produtos inalantes ou solventes de largo uso pode ser utilizada como drogas depressoras e causar muitos estragos. É o caso do lança-perfume, da cola de sapateiro, da acetona, da benzina, de tintas, esmaltes e removedores.

Os chamados opiáceos, ou narcóticos, que aliviam a dor e dão sonolência, como a morfina, a heroína e a codeína, estão entre os mais consumidos no mundo. Em doses elevadas, têm efeito também perturbador.

O mais popular dos depressores é, porém, o álcool, que está nas bebidas consumidas diariamente em todo o mundo. Curiosamente, as bebidas alcoólicas costumam ser utilizadas pelas pessoas para provocar relaxamento e desinibição. É que sua ação depressora inibe inicialmente os centros de controle e censura do indivíduo. Mas, com o aumento das doses, os efeitos depressores se tornam muito claros: falta de coordenação motora, descontrole, sono e, no limite, o coma alcoólico.

Os *estimulantes* são as drogas que aumentam a atividade do cérebro, fazendo o sistema nervoso central funcionar mais rapidamente. A pessoa fica, então, "ligada", "elétrica".

As anfetaminas (bolinhas, remédios que tiram o sono ou o apetite), utilizadas para manter uma atividade por mais tempo, para combater o cansaço e nos tratamentos para emagrecer, são drogas estimulantes muito utilizadas.

A cocaína e seus derivados, como o *crack* e a merla, constituem-se nos mais poderosos e importantes dos estimulantes.

A nicotina do tabaco também produz um bem-estar levemente estimulante, que acaba por induzir o usuário a acender seus cigarros com frequência.

A cafeína, presente no café, chás, guaraná e refrigerantes ditos "energéticos", é também estimulante.

Os *perturbadores*, também chamados de alucinógenos, mudam qualitativamente a atividade do sistema nervoso central, perturbando seu funcionamento. Produzem no usuário alterações de percepção, delírios, ilusões ou alucinações.

A maconha, assim como o haxixe, que vem da planta *Cannabis sativa*, é dos perturbadores mais populares do planeta. Produz alterações perceptíveis e "viagens", associadas a efeitos calmantes e relaxantes, característicos das drogas depressoras.

Outras plantas também dão origem a substâncias perturbadoras. Um cacto encontrado na América Central e no México, o peiote, gera a mescalina. De um cipó deriva a *ayahuasca*, utilizada nos rituais religiosos do Santo Daime e da União do Vegetal. Alguns tipos de cogumelos, lírios e outras plantas, como trombeteira, zabumba ou saia branca, são substâncias perturbadoras.

Leônide Príncipe/Photoamazônica

Mariri.

Leônide Príncipe/Photoamazônica

Chacrona.

Ayahuasca, substância produzida pela mistura do cipó Mariri e da folha Chacrona, é alucinógena e consumida na forma de chá.

A QUÍMICA DIVINA

Alucinação é um estado da mente em que a pessoa percebe coisas sem que existam. Algumas alucinações são causadas por distúrbios mentais espontâneos; outras têm origem no uso de plantas psicoticomiméticas, que têm esse nome por imitar os efeitos da psicose no organismo.

Desde sua descoberta, alguns alucinógenos são utilizados em rituais religiosos por causar efeitos que trazem a visão de vidas passadas e sensações fora do comum.

Vejamos alguns exemplos:

Peiote: É um cacto no qual se reproduz a substância *Mescalina*, muito usada nas Américas do Norte e Central.

Jurema: Dessa planta é preparado um vinho usado em tribos indígenas e também por sertanejos no Nordeste do Brasil. A presença da droga é percebida no livro *Iracema*, de José de Alencar. A substância que causa alucinação é a dimetiltriptamina ou DMT.

Cogumelos: O uso de cogumelos para alucinações em rituais data de antes de Cristo na região do México. A substância extraída dessa planta chama-se psilocibina. É muito usada por pajés da América do Norte.

Adaptado de: SECRETARIA DE SEGURANÇA PÚBLICA — Divisão Estadual de Narcóticos. *Cogumelos e plantas alucinógenas*. Disponível em: <www.denarc.pr.gov.br/modules/conteudo/conteudo.php?conteudo=38>. Acesso em: 24 set. 2012.

Júpiter Unlimited/Image Plus

DA PAPOULA À HEROÍNA

Desta bela planta – a papoula – se extrai um suco leitoso: o ópio. Quando seco, passa a ser o pó de ópio, que já era fumado no Oriente, desde antes de Cristo.

No pó de ópio há muitas substâncias ativas. A mais conhecida é a morfina, o mais poderoso analgésico que existe. O nome deriva de Morfeu, o deus dos sonhos. Há também a codeína, utilizada em xaropes para controlar a tosse.

A heroína se obtém a partir de uma modificação química na fórmula da morfina. É, portanto, uma substância seminatural. Essas substâncias são conhecidas como opiáceos naturais (morfina, codeína) ou semissintéticos (heroína). A metadona, utilizada no tratamento de dependentes da heroína, é um opioide, semelhante aos opiáceos, mas fabricada em laboratório.

As drogas opiáceas ou opioides aumentam o sono, diminuem a dor e provocam estado de torpor e calmaria, em que realidade e fantasia se misturam. Induzem à dependência com facilidade.

Adaptado de: Centro Brasileiro de Informações sobre Drogas Psicotrópicas — Cebrid. *Ópio e morfina*. Disponível em: <http://200.144.91.102/cebridweb/go.aspx?cd=602>. Acesso em: 9 out. 2012.

Papilio/Corbis

Plantação de papoulas no Afeganistão.

Nem só de plantas vivem os perturbadores. Algumas das mais potentes entre essas drogas são produzidas em laboratórios, como o LSD (ácido lisérgico), o *ecstasy*, o *ice* e outras que não param de ser criadas.

Remédios importantes para o tratamento de algumas doenças, quando usados abusivamente ou sem controle, podem produzir fortes delírios e alucinações. É o caso dos popularmente chamados “Aranha” e “Bentinho”.

Outras substâncias consumidas em altas doses, como a heroína e a cocaína, têm igualmente efeito perturbador. Ou seja, conforme o consumo, algumas drogas psicoativas podem apresentar efeitos presentes em duas categorias da classificação mostrada. Ainda assim, é importante conhecer a ação principal de cada droga e saber classificá-las. As drogas são muito diferentes entre si, produzem efeitos, trazem riscos que dependem de quem as usa, como usa, com quem e para que usa, da situação emocional do momento do uso, de seu possível significado social, cultural ou religioso, dentre outros fatores. Tem muita coisa em jogo. Não é simples, não. Nem fácil de entender, muitas vezes.

EXPERIMENTAÇÃO

Pictor/Keystock

"Um osso duro de roer"

(Adolescentes conversam.)

BIRITA — Dinho, deixa de ser bobo, cara, experimenta, você vai curtir. Aproveita a vida! Você vai ficar "ligado", mais alegre, mais solto. Vai beijar altas minas.

DINHO — Eu não quero.

BIRITA — Você tem é medo! Se você soubesse... É bom demais!

DINHO — Não sei, não. Pode ser que essa "coisa" me faça muito mal.

BIRITA — Mal? Que nada! Você vai na conversa dessa gente? Mãe, pai, professor?... É tudo mentira o que eles falam. É puro terrorismo. Você não quer virar padre, né?

DINHO — Não, eu quero ser feliz, quero curtir a vida, mas sem drogas.

BIRITA — Cara, você fala das drogas como se fossem um monstro, uma coisa horrível! Não é, cara, ela dá um barato diferente, dá um baita prazer!

DINHO — Baita prazer só no começo, depois você tem um osso duro de roer. Quem pode afirmar que não vai ficar dependente das drogas? Ô Birita, te cuida, mano... Eu, dependente? Sai fora! Prefiro ser independente!

Tony Stone

EXPERIMENTAÇÃO

A experimentação de algumas drogas, particularmente as que produzem alterações perceptivas nítidas, como os chamados alucinógenos, pode acontecer por curiosidade e em busca do prazer que elas proporcionam. "Um baita prazer", como diz o Birita, mas que pode ser mesmo "um osso duro de roer", como diz o Dinho. Será que na busca pelo prazer vale a pena correr muitos riscos? Bem, é preciso pelo menos se informar sobre eles, você não acha?

Viver pode ser um tremendo barato, se a gente se gosta e ama a vida, com ou sem química. E será que a gente precisa provar de tudo para saber como é? Às vezes é o próprio perigo que atrai. Ou a proibição. Quanto mais proibido, quanto mais combatido, mais interessante.

Cuidado, você pode acabar se machucando ou até se destruindo, só para provar que é rebelde, *bad boy*, macho, *brother*... Papo moralista não está mesmo com nada, mas nem por isso o oposto é que é legal, não é?

Tem também o pessoal que tem tanto medo das drogas que não passa nem perto, não quer nem ouvir falar. Acham que fugindo delas ou negando sua existência estarão protegidos. O medo e a ignorância não protegem ninguém de nada. Os muito medrosos, o dia que perdem o medo, podem experimentar todas e acabar caindo na dependência fácil, fácil. Não fuja do assunto, converse, se informe, reflita.

Pessoas com maior independência, autonomia, informações adequadas, capacidade de reflexão, boa autoestima e confiança em si mesmas costumam estar mais preparadas para tomar decisões adequadas em relação ao uso de drogas. Quando a gente reflete sobre as coisas, tem chance de acertar mais, fazer menos besteiras. Pensar não dói, acredite.

EXPERIMENTAÇÃO

O VI Levantamento Nacional sobre o Consumo de Drogas Psicotrópicas entre Estudantes do Ensino Fundamental e Médio das Redes Pública e Privada de Ensino nas 26 Capitais Brasileiras – 2010, realizado pelo Observatório Brasileiro de Informações sobre Drogas, apontou que a porcentagem de uso de drogas ilícitas em um ano entre os alunos da rede pública é de 9,9%. Esse resultado aumenta para 13,3% entre os alunos da rede particular.

Foram entrevistados 50.890 alunos de nível fundamental e médio.

Adaptado de: Observatório Brasileiro de Informações sobre Drogas – Obid. *Levantamento sobre o uso de substâncias psicoativas entre estudantes da rede pública e particular das 26 capitais e Distrito Federal – 2010*. Disponível em: http://obid.senad.gov.br/obid/dados-informacoes-sobre-drogas/pesquisa-e-estatisticas/populacoes-em-contextos/estudantes-1. Acesso em: 19 out. 2016.

HÁBITO E "VÍCIO"

Stockphotos

"O que é que se vai fazer?"

(*Funcionárias num escritório.*)

FUNCIONÁRIA 1 — Você, que está começando na empresa, tem que saber uma coisa importantíssima, fundamental: o Dr. Cardoso, nosso chefe, não pode ficar sem cafezinho!

FUNCIONÁRIA 2 — Como assim?

FUNCIONÁRIA 1 — A garrafa térmica tem que estar sempre cheia. Esta função é sua: ficar de olho para não faltar café.

FUNCIONÁRIA 2 — Hã... sei... Então, esta função é minha?

FUNCIONÁRIA 1 — É, fazê-lo funcionar! Porque ele, sem o cafezinho, não funciona. Não é nada, não é ninguém! O Dr. Cardoso precisa tomar várias xícaras por dia, senão a cabeça dele explode de dor. É um hábito, o que é que se vai fazer?

FUNCIONÁRIA 2 — (*Com simplicidade:*) É hábito ou vício?

Craig Lovell/Corbis

Plantação de café.

HÁBITO E “VÍCIO”

Algumas coisas na vida aparecem como simples e inofensivos hábitos. O que é gostoso a gente repete. E repete. E repete. Quando se dá conta, parece que não consegue mais viver sem aquilo. Vai ver é a pura verdade: não consegue mesmo!

Um cafezinho é uma coisa deliciosa, não é mesmo? Por que não tomar cinco, dez, vinte cafezinhos? Simplesmente porque você passará a funcionar à base de cafezinhos, estimulado pela cafeína. Na ausência dela, pode pintar sono, cansaço, dor de cabeça. Coisas que indicam que o seu organismo estava trabalhando mais acelerado do que devia – ou podia.

Pensar que isso pode acontecer com o cafezinho nosso de cada dia, que nos põe tão simpáticos e sociáveis perante os outros... Não é a atividade em si que é o problema. O que pode se tornar problema é o hábito que vira dependência. Aquilo que a gente repete porque é gostoso, porque dá prazer, porque é legal, sem perceber que se tornou escravo daquele “vício”.

Qualquer coisa, a rigor, pode “viciar”: o hábito de jogar, de ver televisão, de navegar na internet, de malhar na academia, de dormir demais, de ficar acordado até muito tarde, de “ficar”, de namorar, de se masturbar. Olhe, é uma lista sem fim.

Quando o hábito se relaciona a produtos químicos, cuja ação no organismo envolve riscos maiores, os resultados podem ser muito perigosos e comprometedores.

Você acha que dá para brincar com bebida alcoólica, maconha, cocaína, *crack*, anfetaminas, LSD, heroína? Com certeza, não... Pense nisso. Mas não se esqueça de que hábitos, aparentemente inofensivos, podem não ser tão inofensivos assim...

EXCESSO DE CAFEÍNA AUMENTA RISCO DE ABORTO

Muita cafeína – cinco xícaras diárias de café, com 150 ml cada uma – aumenta o risco de aborto espontâneo, o que pode ocorrer nas primeiras vinte semanas de gravidez. O consumo moderado de cafeína, de uma a três xícaras por dia, não apresenta risco. O dado é de um estudo realizado com 42 mil mulheres pelo Instituto Nacional de Saúde da Criança e de Desenvolvimento Humano (NICHD) e da Universidade de Utah, nos Estados Unidos. Estudos científicos recentes sugerem que a cafeína pode prevenir o mal de Parkinson. Falta comprovar e ver a dosagem que teria esse efeito. Enquanto isso, o melhor é consumir cafeína com moderação.

Adaptado de: NATIONAL INSTITUTE OF HEALTH – National Institute of Child Health & Human Development. *Moderate caffeine use does not increase miscarriage risk but high caffeine use doubles risk*. 24 nov. 1999. Disponível em: <www.nichd.nih.gov/news/releases/caff99.cfm>. Acesso em: 9 out. 2012. (Tradução nossa.)

Alex Silva

DOSES E EFEITOS DA CAFEÍNA

Uma xícara de café forte contém entre 90 e 150 mg de cafeína

- Até 100 mg – efeitos estimulantes leves, como maior atenção e agitação
- De 101 mg a 300 mg – efeitos ficam mais pronunciados
- Acima de 300 mg – efeitos tornam-se tóxicos. Podem ocorrer distúrbios sensoriais, zumbidos e tremores
- Acima de 3.500 mg (para uma pessoa de 70 kg) – dose letal*

Principais efeitos da substância

- Estímulo dos sistemas nervoso, circulatório e respiratório
- Taquicardia (aumento da frequência cardíaca)
- Aumento da produção de energia pelos músculos e da secreção de ácidos estomacais

Outros alimentos que contêm cafeína

- Refrigerantes de cola (350 ml) – 46 mg
- Bebidas energéticas** (250 ml) – 80 mg
- Chá preto ou mate (250 ml) – aproximadamente 40 mg

* A dose letal de cafeína é de 50 mg por kg de peso corporal.

** A mistura dos energéticos com bebidas alcoólicas potencializa o efeito estimulante, indo da excitação à sonolência, podendo causar tonturas e desmaios.

Fonte: Julio Trategui, professor da Faculdade de Ciências Farmacêuticas da USP.

A DEPENDÊNCIA DE DROGAS

Warren Faidley/Stockphotos

"Tô numa fissura..."

(Dois jovens se encontram na rua. O jovem 1 está nervoso, agitado, com as mãos trêmulas.)

JOVEM 1 — Ô cara, você não tem algum?

JOVEM 2 — Tô fora, tô limpo.

JOVEM 1 — Cara, tô numa fissura...

JOVEM 2 — Olha, tô fora mesmo. Não tá fácil, mas hoje já é o 25º dia que não uso droga nenhuma.

JOVEM 1 — Qual é, cara?! Quer ficar careta?!

JOVEM 2 — Eu quero é ficar vivo!

JOVEM 1 — Se liga, sem a droga você não vive.

JOVEM 2 — Não, nada disso. Tô sem a droga pra continuar vivo.

JOVEM 1 — Cara, não dá pra ficar sem o barato. Eu não aguento! É um desejo incontrolável, tá no meu sangue, no meu corpo, na minha cabeça! É meu combustível!

JOVEM 2 — E é esse combustível que vai acabar te matando. Sai dessa, procure ajuda, ainda dá tempo!

JOVEM 1 — Que tempo? Dá um tempo você, cara! (*Agressivo:*) O negócio é o seguinte: me arruma uma grana, vamo, anda logo! Eu preciso de grana, meu irmão, pra pegar o bagulho. Anda, cara! Eu quero grana!

Tony Stone

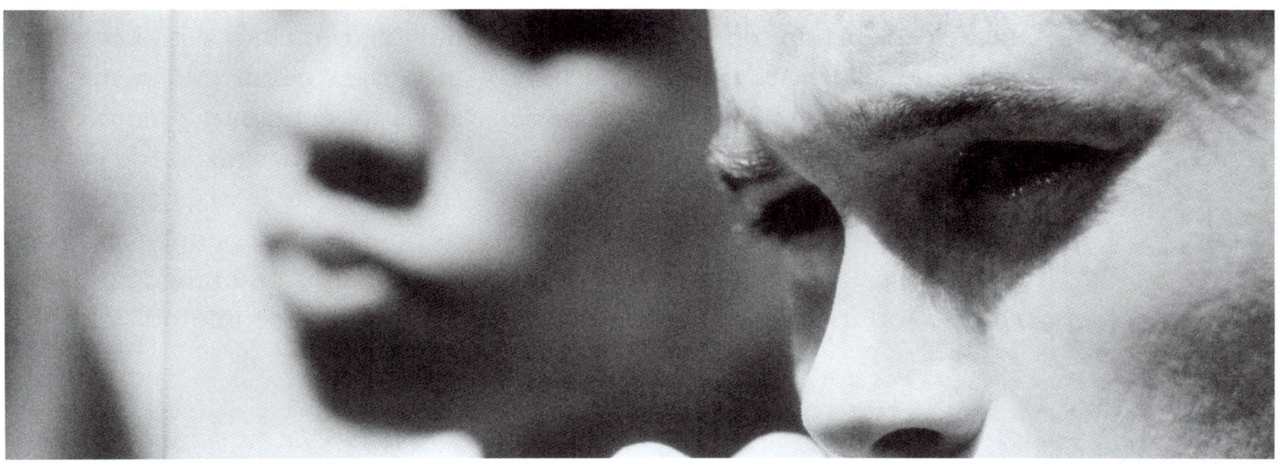

A DEPENDÊNCIA DE DROGAS

Dependência de drogas é um inferno. Pode virar até história de horror. Já não se usa a droga para obter prazer, para fugir dos problemas, para vencer o medo, para barbarizar por aí. Não, dependência é outro papo. Não é você que usa a droga. É ela que o usa. Você não vive sem ela, passa a vida em função dela e nada mais importa, nem o amor, nem o prazer, nada. Quando a dependência se estabelece (diríamos popularmente: "o vício toma conta"), a dor psíquica está sempre presente. E fugir dela com a droga tem um limite, além do qual o mundo se torna insuportável. Se for droga que tem síndrome de abstinência, tem dor física também e pode ser das bravas, como acontece, por exemplo, com a heroína e o álcool.

Quando chegam nesse ponto, as pessoas ficam irreconhecíveis, são capazes de mentir, de roubar, de agredir, enfim, de agir em oposição a suas próprias crenças e valores. Aí tudo fica muito difícil. O cara vai precisar chegar ao fundo do poço, perder escola, emprego, família, namorado ou namorada, amigos, para acabar percebendo, ou admitindo, que precisa de ajuda. Até então, ele achava que estava tudo sob controle, apesar de todas as evidências em contrário.

Chega um dia, e pode demorar muito, que a realidade bate, apesar de toda a droga no corpo, e não dá mais para suportar. Aí, quando a pessoa pede ajuda, as coisas podem começar a mudar. Geralmente é um processo longo, difícil, com muitas recaídas, mas é possível sair dessa situação. Muitos não conseguem. Mas, enquanto há vida, há esperança. Quem viveu ou conviveu com isso, por meio de pessoas queridas, pode dizer que barra é essa. Sem dúvida, o melhor é não entrar e dar a mão para quem está perto, tentando ajudá-lo, enquanto é tempo.

Uma das razões de estarmos escrevendo este livro é para alertar contra os perigos da dependência das drogas. Gostaríamos que ninguém tivesse que passar por esse inferno.

Alexandre Misato Uehara

Usuários de drogas (demanda por tratamento em milhões)

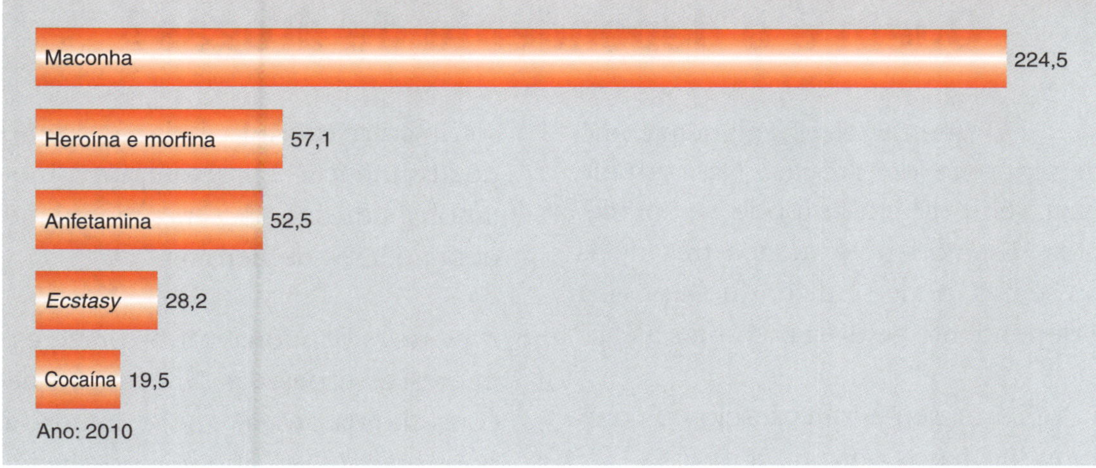

Adaptado de: UNODC (agência da ONU de drogas), Unicef, EMCDDA (Agência europeia de drogas), Instituto Cato. In: BRANSON, Richard. Fazendo as pazes com as drogas. *Metro Brasil*, São Paulo, 4 out. 2012, p. 18-19.

OS FILHOS DAS DROGAS

Cocaína

Se usada na gestação pode fazer com que as crianças nasçam pequenas, com peso abaixo do normal, tamanho da caixa craniana menor do que o normal e retardamento mental; também crianças agitadas e irritadiças.

Crack

Pode produzir uma síndrome de hiperexcitabilidade nos bebês; qualquer toque na pele destas crianças provoca dores insuportáveis e tremores; elas também são muito sensíveis à luz; há alterações iguais às da cocaína.

Ópio/heroína

Podem gerar crianças com peso abaixo do normal e com deficiência mental; as crianças nascem "viciadas" na droga, apresentando a mesma síndrome de abstinência (falta da droga) que os dependentes, com tremores, febre e vômito.

Maconha/haxixe

Não foram encontrados sinais de que provoquem alterações nos fetos das gestantes que a usam, mas também não está provado que seja uma droga "segura".

LSD

Pode provocar rupturas nos cromossomos das células germinativas, tanto do homem quanto da mulher; mesmo se usado muito antes da gravidez, pode gerar crianças com defeitos em qualquer parte do corpo.

Barbitúricos/ benzodiazepínicos

As mães que tomam estes calmantes — que podem ser comprados nas farmácias com apresentação de receita médica — podem ter filhos dependentes deles; além disso, os remédios podem provocar alterações em órgãos dos bebês, como o fígado.

Cigarro (nicotina)

Os filhos de mulheres que fumam durante a gestação podem nascer menores e com peso abaixo do normal; também está provado que o cigarro provoca problemas no coração dos recém-nascidos.

Álcool

Grávidas alcoólatras podem ter bebês com alterações no formato do rosto e com membros alongados; o álcool também causa problemas no fígado, rim e coração.

Fonte: Centro de Assistência Toxicológica do HC. Disponível em: <www.ceatox.org.br>. Acesso em: 10 out. 2012.

TÉCNICA PARA COMBATER ABSTINÊNCIA DE COCAÍNA

Cientistas brasileiros do Instituto de Psiquiatria da Universidade de São Paulo – USP desenvolveram uma técnica para curar os sintomas de abstinência da cocaína. Os pacientes são submetidos à estimulação magnética transcraniana usada para tratar depressão. A máquina estimula a área do cérebro que controla a sensação de saciedade e o poder de decisão, capacidades cujo controle a pessoa perde quando está em estado de abstinência. As pesquisas continuam progredindo, e o próximo passo é realizar esse tratamento com usuários de *crack*. No entanto, essa técnica reverte apenas o quadro dos sintomas de abstinência, não sendo possível reverter capacidades cognitivas mais profundas que tenham sido afetadas.

Adaptado de: SEVERIANO, Alan. Técnica combate abstinência de dependentes de cocaína. *Jornal Nacional*, edição de 4 jun. 2012. Disponível em: <http://g1.globo.com/jornal-nacional/noticia/2012/06/tecnica-combate-abstinencia-de-dependentes-de-cocaina.html>. Acesso em: 9 out. 2012.

Quem é o dependente de drogas?

O que caracteriza alguém como dependente de drogas? Na verdade uma série de coisas pode ser percebida. Estando pelo menos três delas presentes, pode-se dizer que a pessoa é dependente de drogas. Vamos a elas:

1. A pessoa sente forte desejo ou compulsão para consumir a droga.

2. Ela não consegue controlar o consumo, nem quanto a parar na hora certa, nem em relação à quantidade ingerida. Por exemplo, o alcoolista, além de beber demais, nunca se dá por satisfeito, sempre pede mais uma: a penúltima.

3. Evidencia-se a tolerância, ou seja, a necessidade de doses maiores da droga para conseguir os mesmos efeitos antes obtidos com doses menores.

4. Aparecem os sintomas da síndrome de abstinência, caracterizada por mal-estar físico e psicológico na ausência da droga e a necessidade de consumi-la para poder aliviar esses sintomas.

5. Na ausência da droga habitualmente consumida, às vezes é necessário substituí-la por outra substância psicoativa, de modo a diminuir o sofrimento causado pela síndrome de abstinência. Por exemplo, a metadona utilizada no tratamento de dependentes de heroína.

6. A pessoa abandona outros prazeres, interesses e pessoas, em função do consumo da droga, e só se interessa por situações em que seja possível o acesso a ela. Utiliza a droga a qualquer hora, em qualquer lugar, sem nenhum motivo especial. Necessita também de mais tempo tanto para consumir a droga quanto para se recuperar de seus efeitos. Isso é o que se costuma chamar de "estreitamento de repertório".

7. A pessoa continua consumindo a droga, apesar da evidência clara de suas consequências negativas, tanto para sua saúde quanto para sua vida. Em muitos casos, ela já largou o estudo, o trabalho, a família, os amigos, o parceiro ou a parceira, tem evidentes transtornos físicos e mentais e ainda assim não procura ajuda para se livrar da droga, seguindo com seu uso.

8. Após um período de abstinência da droga, o retorno ao uso traz de volta todo o quadro anterior, com níveis de consumo descontrolados.

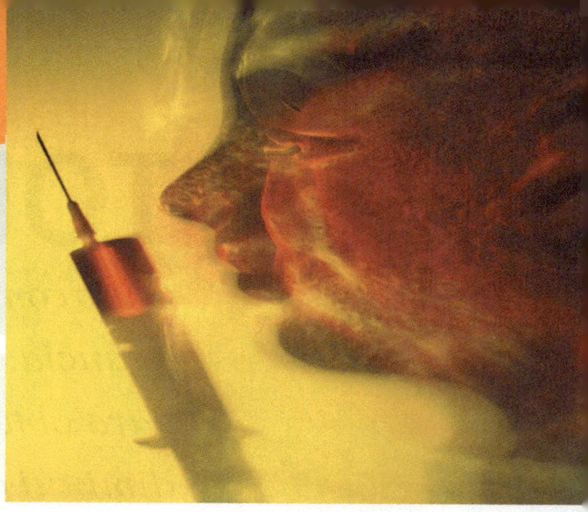

AGE/Keystock

TOLERÂNCIA

“Agora, qualquer hora é hora”

(*Duas pessoas discutem.*)

ELA — Não adianta se justificar, a cada dia que passa você está usando mais droga!

ELE — Você não quer aceitar que meu organismo aguenta.

ELA — Você já se esqueceu de como ficava quando começou?

ELE — Eu era mais fraco...

ELA — E agora ficou forte? Deixa de besteira. No começo, como você nunca havia usado, um pouquinho já te dava o maior barato, agora que seu organismo já acostumou com essa dose, precisa de doses maiores para conseguir o mesmo barato.

ELE — E daí? Qual o problema?

ELA — Você não vê problema nesse uso exagerado? Antes, você usava só em festas, depois, nos finais de semana, e, agora, qualquer hora é hora.

ELE — Eu preciso de doses mais fortes pra bater o efeito...

ELA — Tá vendo? Você está diminuindo os intervalos entre o uso da droga, e a quantidade que você usa está cada vez maior.

ELE — Tá, tá... Vou ver se diminuo.

ELA — Será? Daqui a pouco, se é que isso já não aconteceu, seu organismo vai exigir a droga de qualquer jeito. Você não percebe que entrou em um jogo muito perigoso?

FPG/Keystone

TOLERÂNCIA

O uso continuado das drogas psicoativas tende a criar o fenômeno da tolerância. A pessoa precisa de quantidades cada vez maiores da droga para obter os mesmos efeitos a que se acostumou. Frequentemente, diminui o intervalo de tempo entre um consumo e outro. Por isso, a tolerância é um dos indicadores mais evidentes da dependência de drogas. Perde-se progressivamente a liberdade, e, em busca de um efeito mais intenso (ou que satisfaça as expectativas anteriormente estabelecidas), o usuário muda de droga ou acrescenta novas drogas ao seu consumo. É aquela porta por onde se entra com facilidade, mas se sai com muito esforço e dificuldade.

É claro que o processo de instalação da tolerância varia de pessoa para pessoa, dependendo da droga que se utiliza e do tipo de uso.

É bom não confundir a maior ou menor resistência que as pessoas têm ao consumo de drogas com a questão da tolerância. Há quem sinta os efeitos intensos com o uso de pequena quantidade da droga, enquanto outros só começarão a sentir a mesma coisa com quantidades bem maiores. Ou seja, uns aguentam mais do que outros. Porque já estão acostumados, porque têm um organismo que suporta melhor, porque são mais fortes fisicamente e outras coisas mais. Não importa. O fato é que, quanto mais a pessoa aguenta consumir quantidades maiores de drogas psicoativas, mais próxima ela pode estar da dependência.

A instalação do hábito pode ser o primeiro passo para a dependência, embora ninguém admita isso.

A tolerância atinge todo mundo que usa drogas psicoativas. Com a tolerância, os que têm maior resistência usarão maior quantidade de droga ainda. Consequentemente, sofrerão estragos maiores do que os outros. Não é vantagem nenhuma aguentar consumir mais drogas psicoativas. Quem se acha melhor por isso, se exibe, zomba dos outros, é um idiota. É ou não é?

Imagebank

FRUSTRAÇÕES E SOLUÇÕES QUÍMICAS

Tony Stone

“Eu não aguento esperar”

(*Equipe de alunos às voltas com material pesquisado.*)

ALUNO 1 — É material que não acaba mais...

ALUNO 2 — Nós entrevistamos professores, médicos, pais, amigos, psiquiatras, domésticas, atores... gente de montão.

ALUNO 3 — Eu acho que nenhum grupo conseguiu tanta informação como o nosso.

ALUNO 4 — Também com esse tema: “Por que os jovens se drogam?”. Tem muita coisa a ser dita.

ALUNO 2 — Olha, separei vários depoimentos que dizem que a droga é usada por curiosidade, para a pessoa ser aceita pelo grupo, para não se sentir isolada, pela pressão de amigos, e até por falta de lazer!

ALUNO 4 — Também pelo desejo de transgressão. Tudo que é proibido atrai.

ALUNO 1 — Tem esse que diz que o adolescente se sente Deus, acha que nada pode acontecer com ele. Chamam a isso de onipotência juvenil.

ALUNO 3 — É, sei lá se é isso, mas eu também acho que nada de ruim pode me acontecer.

ALUNO 1 — Você tá sempre metendo a cara, não aguenta esperar, quer tudo imediatamente e não suporta ser contrariado. Tem horas que você é um chato!

ALUNO 4 — Só está faltando não ser capaz de enfrentar problemas e não saber lidar com as frustrações. Pronto! Você se enquadra direitinho no que disse essa psicóloga.

ALUNO 3 — Corta essa! Podem parar! Senão quem vai enquadrar os dois sou eu.

(*Riem e continuam a mexer no material.*)

ALUNO 2 — Esta entrevista também é interessante, ouçam uma parte (*Lê alto.*): “Nós vivemos numa sociedade que estimula as soluções químicas. As pessoas não querem de jeito nenhum sentir dor física ou dor psíquica”.

ALUNO 1 — Eu não suporto dor de cabeça!

ALUNO 3 — E como eu não aguento esperar, vamos pegar logo esse material e começar nosso trabalho.

(*Todos riem.*)

FRUSTRAÇÕES E SOLUÇÕES QUÍMICAS

Por que os jovens se drogam? Ou seria melhor dizer: por que as pessoas se drogam? Afinal, usar drogas psicoativas (ou abusar delas) não é coisa só dos jovens.

A questão é que não existe resposta a essa pergunta. Ou melhor, existem tantas respostas, tantas alternativas, que acabamos ficando na mesma. As pessoas usam drogas por todos os motivos do mundo e até sem motivo. E há explicações para todos os gostos.

Vamos apontar aqui duas coisas que nos parecem importantes: as soluções químicas e a dificuldade de lidar com frustrações. De fato, vivemos numa sociedade que estimula e vende soluções químicas para tudo. Tem química para resolver problema de calvície, obesidade, impotência, mal-estar, ansiedade e tudo o mais que você imaginar. E o que ainda não foi inventado não tarda a chegar. É só dar mais um tempo que o milagre está a caminho. Não há dor ou incômodo que não possa ser resolvido rapidinho por uma fórmula química qualquer. Tem também plástica, lipoaspiração, aplicação de silicone, para ficar tudo em cima (ou na moda). Sem perda de tempo.

Diante disso, quem pode se surpreender se as pessoas buscam nas drogas psicoativas as sensações que desejam, acreditando na felicidade imediata? Nisso estão absoluta e perfeitamente sintonizadas com a sociedade pós-moderna, tecnológica, imediatista e individualista.

Aprender a conviver com a dor, administrar os conflitos, curtir o processo de aprender, amadurecer, esperar... tudo isso parece tão antigo e careta, não é mesmo? E, no entanto, não há felicidade possível sem isso. As pessoas se enganam, mas não tem milagre, não.

A vida é cheia de frustrações, desde que a gente nasce. Não se pode ter tudo a tempo e a hora. Ainda bem, porque é assim que a gente cresce e se desenvolve.

Quem não aguenta um *não*, não suporta perder ou esperar e vai em busca das soluções químicas fáceis é um candidato em potencial à dependência de drogas. Justamente porque o bem-estar proporcionado pelas drogas é passageiro e a realidade se impõe logo adiante. Só se drogando de novo e de novo para tentar não enxergá-la. E aí, já era.

ÁLCOOL

Tony Stone

"Sou cara macho!"

(Dois jovens, numa danceteria.)

JOVEM 1 — Ô cara, você me faz passar vergonha! Fica aí com essa latinha de refrigerante na mão! Afasta a mulherada!

JOVEM 2 — Ué, o que é que tem? Não entendi...

JOVEM 1 — Porque é babaca! Será que você ainda não sacou que refrigerante é coisa de criança? O que te dá mais moral com as garotas é beber cerveja, álcool, cara!

JOVEM 2 — Poxa, mas eu não tomo bebida alcoólica!

JOVEM 1 — Então, já está mais que na hora de começar a beber. Ou você quer continuar sendo criança? Olha pra mim, já pareço um adulto, sou cara macho! Garçom, manda mais uma cerva pra cá!

"Cheirando a álcool!"

(Mãe e professor se encontram.)

MÃE — E, então, como está o meu filho?

PROFESSOR — Olha, estou bastante preocupado com ele. Além da queda no rendimento escolar, não está se relacionando bem com os colegas, anda muito agressivo, às vezes, até violento.

MÃE — É mesmo!?

PROFESSOR — Infelizmente. Parece-me que está bebendo. Já chegou de manhã cheirando a álcool. Acho importante que a escola e a família trabalhem juntas nesta questão relacionada às drogas e...

MÃE — (*Interrompendo:*) Escute, eu entendo sua preocupação, mas você pode ficar descansado, pois meu filho pode até chegar a beber uma garrafa inteira de uísque, mas usar drogas? Isso ele não usa, de jeito nenhum!

ÁLCOOL É DROGA

As bebidas alcoólicas são a droga mais consumida e que mais problemas e consequências traz para os jovens. O álcool mata mais do que qualquer outra droga, seja por sua ação direta sobre a saúde, seja em consequência de seu uso inadequado. Acidentes, agressões e crimes de vários tipos são praticados por pessoas alcoolizadas todos os fins de semana e nos dias úteis também, em todo o Brasil – e em todo o mundo.

E ainda há quem pense que álcool não é droga! Por quê? Só porque é vendido em cada bar, boteco, restaurante ou supermercado de cada esquina e em todos os lugares? As bebidas alcoólicas são legalizadas e vendidas livremente aos maiores de 18 anos. (Para os menores, há uma proibição legal, geralmente fácil de burlar.) O seu uso abusivo, a longo prazo, produz sérios problemas de saúde, cria forte dependência, que se acentua com os anos, e síndrome de abstinência terrível e dolorosa.

Só que, geralmente, isso demora para acontecer. Quem começa a beber na adolescência pode ter esses problemas quando adulto, muitos anos mais tarde. (Quanto mais cedo se começa, maior o risco de os problemas aparecerem logo.) Aí é que está o perigo. Uma droga legal e de ação lenta dá a falsa sensação de que não faz mal. Muitos garotos e meninas bebem cada vez mais, se embriagam com frequência e não sentirão agora as consequências. Só que, se continuarem assim, elas virão – e como!

Vender bebidas alcoólicas para menores é crime previsto no Código Penal e no Estatuto da Criança e do Adolescente. Porém, muitos estabelecimentos comerciais desrespeitam essa lei. Por isso, o governo do Estado de São Paulo criou a Lei nº 14.592, de 19 de outubro de 2011, que regulamenta e controla o trabalho de fiscalização para que seja cumprida a proibição de vender, oferecer, fornecer, entregar ou permitir o consumo de bebidas alcoólicas a crianças e adolescentes.

Adaptado de: GOVERNO DO ESTADO DE SÃO PAULO. Por que a lei? Disponível em: <www.alcoolparamenoreseproibido.sp.gov.br/?page_id=6>. Acesso em: 3 out. 2012.

Pesquisa divulgada pelo Instituto Brasileiro de Geografia e Estatística – IBGE mostra que mais de 70% dos 618,5 mil estudantes brasileiros do 9º ano do ensino fundamental das escolas particulares e públicas já experimentaram bebidas alcoólicas e 24% provaram cigarro. Cerca de 22% já ficaram bêbados.

Adaptado de: PORTAL G1. Mais de 70% dos estudantes de 13 a 15 anos já ingeriram álcool, diz IBGE. 18 dez. 2009. Disponível em: <http://g1.globo.com/Noticias/Vestibular/0,,MUL1420196-5604,00-MAIS+DE+DOS+ESTUDANTES+DE+A+ANOS+JA+INGERIRAM+ALCOOL+DIZ+IBGE.html>. Acesso em: 3 out. 2012.

FATORES DE RISCO À SAÚDE DOS ADOLESCENTES (em %)

	Total	Mulheres	Homens	Escolas privadas	Escolas públicas
Percentual dos que já tomaram bebida alcoólica alguma vez	71,4	73,1	69,5	75,7	70,3
Percentual dos que já ficaram bêbados alguma vez	22,1	21,1	23,3	19,4	22,8
Percentual dos que já experimentaram cigarro alguma vez	24,2	24,0	24,4	18,3	25,7
Percentual dos que já usaram cigarro alguma vez	8,7	6,9	10,6	7,6	9,0
Percentual dos alunos que fizeram 300 minutos ou mais de atividade física nos últimos sete dias	43,1	31,3	56,2	45,1	42,6

Adaptado de: MAIS de 70% dos estudantes de 13 a 15 anos já ingeriram álcool, diz IBGE. 18 dez. 2009. Disponível em: <http://g1.globo.com/Noticias/Vestibular/0,,MUL1420196-5604,00-MAIS+DE+DOS+ESTUDANTES+DE+A+ANOS+JA+INGERIRAM+ALCOOL+DIZ+IBGE.html>. Acesso em: 3 out. 2012.

Outra coisa é aprender a beber com moderação. Um copo de vinho ou cerveja na refeição pode até fazer bem à saúde. Um aperitivo de vez em quando, por que não? O que é feito com moderação geralmente não causa prejuízos. O problema é que moderação não é uma coisa muito valorizada pela juventude, mais disposta a correr riscos e aventurar-se. Por isso o álcool vem causando tantos danos à sociedade. Muito cuidado com ele.

Percentual dos alunos do 9º ano do ensino fundamental que consumiram bebida alcoólica nos últimos 30 dias, por local ou forma como adquiriu a bebida, nas capitais e no Distrito Federal (2009)

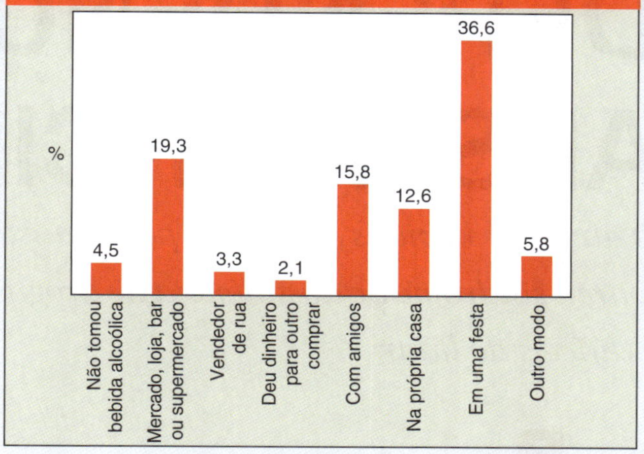

Fonte: INSTITUTO BRASILEIRO DE GEOGRAFIA E ESTATÍSTICA — IBGE, Diretoria de Pesquisa. Coordenação de População e Indicadores Sociais. *Pesquisa Nacional de Saúde do Escolar 2009*. Disponível em: http://loja.ibge.gov.br/pesquisa-nacional-de-saude-do-escolar-2009.html. Acesso em: 19 out. 2016.

"Que barra pesada!"

(*Jovens batem papo após a aula.*)

JOVEM 1 — Cara, essa eu não sabia! O álcool é a droga que apresenta uma das piores síndromes de abstinência...

JOVEM 2 — Pra mim também foi novidade.

JOVEM 3 — Pô, o Carlão, um amigo, disse que o tio dele, que era um cara engraçado, legal, ficou o maior "xarope", de tanta bebida. Disse que o cara "pirou", ficou louco, superviolento.

JOVEM 2 — Mas então ele é um alcoólatra!

JOVEM 3 — Claro! Mas ele começou bebendo socialmente. Depois, não podia ficar um dia sem beber com os amigos, até que começou a beber de manhã, logo que acordava, e, quando não tinha nada em casa, tomava álcool puro e até perfume...

JOVEM 1 — Cara, isso não é verdade!

JOVEM 3 — É, sim, cara. Imagina que o Carlão disse que, uma noite, ele acordou e começou a bater na própria mulher, dormindo ao lado dele, pensando que ela fosse um monstro!

JOVEM 2 — (*Ri.*) Vai ver ela é um bicho feio mesmo...

JOVEM 3 — Que nada, a mulher não é feia, não. O negócio é que, quando ele fica sem beber, enlouquece. Já aconteceu de ele abrir a geladeira e ver um monte de bichos lá dentro ou, então, quebrar tudo. Carlão contou que, uma vez, a mulher do tio chegou do trabalho e encontrou a casa destruída. Ele achou que o teto estava caindo, que estava sendo atacado e foi se "defender". Quebrou tudo e se escondeu debaixo da cama. A mulher encontrou o cara todo machucado.

JOVEM 1 — Que barra pesada! Isso é pior que pesadelo!

CONSUMO DE DROGAS COMEÇA CEDO

Um estudo realizado com 5.226 estudantes do ensino fundamental e médio de escolas particulares do município de São Paulo mostrou que no mês anterior à pesquisa, 39,6% dos estudantes relataram ter consumido alguma bebida alcoólica nesse período; 10,2% consumiram tabaco; 3,7%, inalantes; 3,8%, maconha; 3,7%, tranquilizantes; 0,9%, *ecstasy*; 0,9%, cocaína e 0,1%, *crack*.

Fonte: CENTRO BRASILEIRO DE INFORMAÇÕES SOBRE DROGAS PSICOTRÓPICAS - Cebrid. *Boletim nº 66*. Ago. a dez. 2010. Disponível em: <www.cebrid.epm.br>. Acesso em: 9 out. 2012.

ÁLCOOL, DEPENDÊNCIA E ABSTINÊNCIA

O abuso de bebidas alcoólicas pode causar uma dependência que leva a uma síndrome de abstinência de drogas das mais pesadas, doloridas e difíceis de lidar.

O uso abusivo de álcool e drogas é o 5º maior motivo que leva crianças e adolescentes a programas de acolhimento no estado do Rio de Janeiro, passando de 0,5% para quase 7% dos casos.

Adaptado de: AGÊNCIA BRASIL. Uso de álcool e drogas cresce entre causas de acolhimento de jovens. *Folha de S.Paulo*, São Paulo, 29 set. 2012. Disponível em: <http://folha-online.jusbrasil.com.br/noticias/100078929/uso-de-alcool-e-droga-cresce-entre-causas-de-acolhimento-de-jovens>. Acesso em: 19 out. 2016.

Parece absurda a cena da conversa entre os três jovens, não é mesmo? Afinal, quem é que fala em tremedeira, delírios, ilusões e desorientação pelo abuso de álcool? Violência, acidentes, autodestruição, gente que se torna insuportável para conviver: isso tudo está associado ao abuso de álcool. E é verdade que tudo começa com a pessoa bebendo socialmente, como se diz.

O que a propaganda costuma associar à bebida alcoólica? Gente jovem, bonita, charmosa, sofisticada. Esportes, festa, descontração, bom humor. E a gente acredita que é assim. Só assim. Afinal, bêbados são sempre os outros, os filhos dos outros, os amigos dos outros. É bom saber que um em cada dez usuários de álcool acaba se tornando dependente da droga. Quem começa com pouca idade tem mais chance de se tornar dependente mais depressa.

A cervejinha, tão festejada, é a bebida mais consumida entre os jovens, muitas vezes de forma descontrolada, e é caminho aberto para muitos problemas e outras drogas. A propaganda glamorosa agora exibe o alerta em tom moderado. Mas e quem, além de educadores, médicos, psicólogos e outros profissionais que lidam com o assunto, mostra real preocupação com o álcool? Vamos parar de ser hipócritas: se queremos reduzir os danos causados pelas drogas, temos que começar pelo álcool. Vamos discutir mais a questão do abuso de bebidas alcoólicas em casa, na escola, com os amigos. Se nos sentimos atraídos pelo álcool, e a sociedade reforça isso o tempo todo, precisamos aprender a beber, com moderação, dentro dos limites, que variam bastante de uma pessoa para outra.

Não valorize em si mesmo, ou nos outros, que a sua resistência à bebida é maior. Isso não é nenhuma vantagem. Ao contrário, apenas facilita que você, bebendo muito mais, se exponha mais aos problemas causados pelo álcool. Quem fica logo "alto", passa mal e se embebeda fácil geralmente para muito antes e assim se protege. Sorte dele, não é mesmo?

Não vale a pena se iludir. A familiaridade com as bebidas alcoólicas e seu uso indiscriminado podem ser grandes fatores de risco. O álcool é o maior problema de drogas entre os jovens no Brasil (diga-se de passagem, dos mais velhos também). Pega leve que é melhor, companheiro.

Pesquisa realizada pela revista *Addiction* mostra que o consumo de álcool influencia o sexo desprotegido. O resultado da pesquisa revelou que o aumento de 0,1 miligramas por mililitro de álcool no sangue tem como consequência um aumento de 5% na propensão de sexo desprotegido.

Adaptado de: CONSUMO de álcool favorece sexo sem proteção, diz estudo. *Veja*, São Paulo, Saúde, 12 dez. 2011. Disponível em: <http://veja.abril.com.br/noticia/saude/consumo-de-alcool-favorece-sexo-sem-protecao-diz-estudo>. Acesso em: 9 out. 2012.

Programa de Enfrentamento do Uso de Álcool e Drogas

Uma pesquisa de 2010 realizada pela Secretaria Nacional de Política sobre Drogas — Senad revelou que a maior incidência do uso de álcool pela população brasileira ocorre entre jovens de 18 a 24 anos. Dados correspondentes aos 30 dias anteriores à pesquisa mostraram que cerca de 60% dos universitários brasileiros haviam ingerido bebidas alcoólicas ao menos uma vez nesse período, e quase a metade deles já fez uso de drogas ilícitas. Alarmadas por esses números, a Reitoria e a Superintendência de Assistência Social – SAS da Universidade de São Paulo — USP criaram o ***Programa de Enfrentamento do Uso de Álcool e Drogas da USP***, mais conhecido como Você-USP.

Iniciado em 2008, o Você-USP é formado por médicos psiquiatras, psicólogos, assistentes sociais, funcionários e professores da USP de várias áreas. O programa de acolhimento tem como foco principal a prevenção e a assistência.

Os objetivos a curto prazo envolvem o acolhimento de integrantes da comunidade USP. Em médio prazo, busca-se identificar membros de unidades capazes de formar parcerias e, em longo prazo, há o objetivo de elaborar programas comunitários de prevenção.

De acordo com Waldyr Antonio Jorge, superintendente de assistência social da USP, a política de acolhimento e tratamento de dependentes na USP pode se tornar referência para o resto do país. Um bom exemplo a ser seguido Brasil afora!

PROGRAMA VOCÊ-USP	
A quem se destina	Alunos, professores, funcionários e membros da comunidade USP
Local de funcionamento	SAS (antiga Coseas) Rua do Anfiteatro, 295, Cidade Universitária, São Paulo
Horário de funcionamento	Segunda a sexta-feira, das 8h00 às 18h00

Para mais informações, acesse a Política do Programa Você-USP
Disponível em: <www.grea.org.br/userfiles/politica_voceusp.pdf>.
Acesso em: 3 out. 2014.

A MORTE E O ÁLCOOL

No mundo todo, aproximadamente 2,5 milhões de pessoas morrem todos os anos em consequência do uso de álcool, o que representa 3,8% de todas as mortes.

Adaptado de: REUTERS. Europeus são os que mais consomem álcool no mundo, diz OMS. *Folha de S.Paulo*, São Paulo, 27 mar. 2012. Disponível em: http://www.antidrogas.com.br/mostraartigo.php?c=3164&msg=Europeus%20s%E3o%20os%20que%20mais%20consomem%20%E1lcool%20no%20mundo,%20diz%20OMS. Acesso em: 19 out. 2016.

ÁLCOOL NO TRÂNSITO

Pesquisa intitulada "Consumo de álcool e os acidentes de trânsito", desenvolvida pelo Instituto de Medicina Integral Professor Fernando Figueira – Imip, em parceria com o Centro de Prevenção às Dependências – CPD, mostra que não apenas motoristas alcoolizados são causadores de acidentes de trânsito. Pedestres, ciclistas e passageiros sob o efeito de álcool arriscam igualmente a vida nas vias públicas. O atropelamento é uma das principais causas de mortes no trânsito e, na maioria das vezes, é o pedestre que está alcoolizado e se coloca em situação de risco por não ter condição de avaliar a distância e a velocidade dos veículos.

Adaptado de: PESQUISA aponta perfil das vítimas de acidente de trânsito em seis capitais. *Portal da Saúde*, 11 maio 2011. Disponível em: http://educacaoparaotransitocomqualidade.blogspot.com.br/2011/05/pesquisa-aponta-perfil-das-vitimas-de.html. Acesso em: 19 out. 2016.

"Que morte estúpida!"

(Grupo de jovens conversando.)

CACO — Parece mentira que isso aconteceu...

RENATO — Cara, não dá pra acreditar! Ontem ele estava aqui com a gente, zuando, aprontando todas, e, hoje, já era.

ANDRÉ — Aos 16 anos... Que morte estúpida!

KIKO — Chegou a hora dele.

RICARDO — Deixa de babaquice! Não tem nada a ver essa história de "chegou a hora...".

ANDRÉ — Eu concordo. Acho que é a gente mesmo que pode provocar essa hora.

CACO — Ele arriscava muito, queria emoções fortes, adrenalina a mil!

KIKO — Viver sem correr riscos não tem graça.

ANDRÉ — E correr riscos dirigindo um carro em alta velocidade e, ainda por cima, de porre não é querer morrer?

KIKO — Não, também não é assim. Ele só enchia a cara nos finais de semana...

RENATO — E como!

RICARDO — Também só pegava o carro nos finais de semana...

RENATO — O grande barato dele eram os carros e as bebidas. Era ligado em beber. Inventar coquetéis e misturas de bebidas com energizantes. Tomar as "bombas", como ele dizia.

CACO — No acidente ele estava completamente alcoolizado. O carro capotou várias vezes. Não sobrou nada. Perda total.

ANDRÉ — Do carro e da vida.

Consumo de álcool e o trânsito

De acordo com a Lei n. 11.705, de 19 de junho de 2008, popularmente conhecida como "Lei Seca", quem for flagrado sob efeito de álcool (de 0,1 mg a 0,29 mg de álcool por litro de ar expelido) é enquadrado no artigo 165 do Código de Trânsito Brasileiro (CTB): comete infração gravíssima (7 pontos na CNH), com penalidade de multa (no valor de R$ 957,70) e suspensão do direito de dirigir por 12 (doze) meses. O veículo ainda fica retido até que o infrator apresente outro condutor habilitado e em condições de dirigir. Porém, o motorista que atingir o limite de 0,30 mg também comete crime de trânsito (art. 306 do CTB), e está sujeito a penas de detenção, de seis meses a três anos, multa e suspensão ou proibição de obter a permissão ou a habilitação para dirigir veículo automotor.

Adaptado de: DEPARTAMENTO DE POLÍCIA RODOVIÁRIA FEDERAL. Lei Seca. Disponível em: <www.dprf.gov.br/PortalInternet/leiSeca.faces#faq3>. Acesso em: 9 out. 2012.

ÁLCOOL E ACIDENTES

Você já sabe que o abuso do álcool gera dependência, produzindo uma síndrome de abstinência das mais pesadas. Saiba também que há cerca de trezentas e cinquenta doenças relacionadas ao alcoolismo, que é a terceira causa de morte no mundo. O alcoolismo é a principal causa de internações hospitalares por uso de drogas no Brasil.

Tem mais. A maioria dos acidentes de trânsito com morte envolve motoristas alcoolizados. Beber e dirigir é uma mistura perigosa que pode ser fatal não só para o motorista que beber, como para todos os que se arriscarem a andar de carro com ele na direção e ainda para todos os que cruzarem com ele nas ruas e estradas.

Sob o efeito do álcool, os reflexos se tornam mais lentos e a pessoa dirige pior e com mais risco, evidentemente. Mas o que ela sente é o oposto: o álcool dá uma falsa sensação de confiança e de ser bom motorista. Tem gente que diz, crente que é verdade: "Quando eu bebo, dirijo muito melhor". Que perigo!

Qualquer um pode ser vítima de motorista alcoolizado — outros veículos, pedestres, caroneiros. Quando se trata de alguém que, além de não se cuidar, acha bonito pisar no acelerador e correr, saia da frente se puder e tiver apego à vida.

Definitivamente quem bebe não pode dirigir. Quem está na direção de um veículo não pode beber. E não é beber muito, não. Mesmo pequenas doses de bebida alcoólica podem afetar os reflexos da pessoa, gerando riscos. Claro que cada um tem limites diferentes no consumo de bebida, o que tem a ver com suas características de personalidade, sua história de convívio com a bebida, sua saúde geral, seu peso, altura, etc. e tal. Por isso é difícil saber qual a dose limite para o risco.

A lei nos diferentes países estabelece seus limites, levando em conta também seus hábitos culturais. Na França, por exemplo, onde tomar uma taça de vinho às refeições é usual, o limite equivale a duas taças por dia (0,5 grama por litro). A Suécia tolera menos, apenas o equivalente a uma latinha de cerveja. No Japão, a tolerância é zero.

No Brasil, durante muito tempo, tolerou-se a dosagem de 0,6 g de álcool por litro de sangue como permitida para motoristas. A evidência de que com esta lei não se conseguia reduzir o grande número de acidentes e mortes causados pelo uso de álcool associado à direção de veículos fez com que aqui também fosse adotada a tolerância zero. Os especialistas já sabiam que álcool e direção definitivamente não são

POR QUE A LEI ESTÁ MAIS RÍGIDA?

A violência do trânsito no Brasil pode ser demonstrada em números. Por ano, pelo menos 35 mil pessoas morrem em decorrência de acidentes. Só em rodovias federais, essa quantidade se aproxima de 7 mil. Numa lista de causas de desastres, a ingestão de álcool aparece entre os sete vilões das estradas. Não se pode negar que motoristas alcoolizados potencializam a gravidade dos acidentes. O álcool é um forte depressor do Sistema Nervoso Central. Por isso, quem bebe e pega o volante tem os reflexos prejudicados. Fica mais corajoso, mas reage de forma lenta e perde a noção de distância. Quando é vítima de desastre de trânsito, resiste menos tempo aos ferimentos, já que as hemorragias quase sempre são fatais.

Fonte: DEPARTAMENTO DE POLÍCIA RODOVIÁRIA FEDERAL. Lei Seca. Disponível em: < www.dprf.gov.br/PortalInternet/lei-Seca.faces#faq3>. Acesso em: 9 out. 2012.

ENERGÉTICO NA BALADA INDUZ AO CONSUMO DE ÁLCOOL

Bebidas energéticas são utilizadas para deixar o gosto de álcool mais palatável. Com isso, o consumo se torna mais prazeroso, o que incentiva a dependência. Além disso, as quantidades de cafeína dos energéticos, apesar de pouco significativas, podem afetar pessoas sensíveis à substância.

Adaptado de: BIDERMAN, Iara. Kit de energético com álcool custa R$ 350 na balada. *Folha de S.Paulo*, São Paulo, 2 out. 2010. Disponível em: http://www1.folha.uol.com.br/fsp/equilibrio/69441-kit-de-energetico-com-alcool-custa-r-350-na-balada.shtml. Acesso em: 19 out. 2016.

compatíveis e que qualquer quantidade de álcool no sangue interfere nos reflexos. A realidade sempre mostrou a associação entre acidentes e álcool. Ainda assim, foi necessária muita batalha para que a nova lei, que impede que a pessoa que beber dirija, fosse aprovada. Afinal, os interesses da indústria de bebidas são muito fortes, e os órgãos de comunicação e publicidade também ganham muito dinheiro com o alto consumo de álcool na sociedade.

Ultimamente tem havido mais debates e campanhas sobre o assunto e as pessoas estão tomando mais consciência dos riscos. Era mesmo preciso fazer alguma coisa para diminuir o número elevado de mortes no trânsito. E quem já perdeu um amigo ou familiar jovem por esse motivo sabe quanto dói. Isso sem falar nos que não morreram, mas são hoje portadores de deficiências que lhes limitaram a vida, por causa de um acidente besta que teve o álcool como causa.

QUANTO SE PODE BEBER ANTES DE DIRIGIR?

Quantidade de bebida	Concentração de álcool (em mg por litro de ar)		
	Homem de 60 kg	Homem de 70 kg	Homem de 80 kg
40 ml de pinga, uísque ou vodca (1 dose) 85 ml de vinho do Porto, vermutes ou licores (1 cálice) 140 ml de vinho (1 taça) 340 ml de cerveja (1 lata) ou chope	0,14	0,11	0,09

Fonte: DEPARTAMENTO DE POLÍCIA RODOVIÁRIA FEDERAL. Lei Seca. Disponível em: <www.dprf.gov.br/PortalInternet/leiSeca.faces#faq3>. Acesso em: 9 out. 2012.

A absorção e a metabolização de bebidas alcoólicas variam de organismo para organismo. Outro fator que contribui para estabelecer um limite considerado "seguro" para dirigir após a ingestão de álcool é o fato de ela ter-se dado como acompanhamento de alimentos. A quantidade e o tipo desses alimentos influenciam também. O quadro acima mostra que consumir o equivalente a uma lata de cerveja, ou uma taça de vinho, ou uma dose de cachaça, vodca ou uísque é o bastante para um motorista ser multado. Porém, atenção: beber o equivalente a duas ou três doses e dirigir é também crime de trânsito.

Diversas atitudes e comportamentos caracterizam um motorista sob efeito de álcool. O Conselho Nacional de Trânsito adota um protocolo padrão para identificar sinais de embriaguez em um motorista, por meio da percepção de diversos itens conjuntamente. Veja alguns deles:

Sinais indicativos de um condutor embriagado

- Inconstância no modo de dirigir
- Desrespeito às faixas de sinalização no asfalto
- Dirigir fazendo zigue-zague na pista ou acelerando e freando bruscamente
- Mostrar insegurança sobre decisões a tomar no trânsito
- Dirigir com lentidão injustificada
- Parar na pista sem nenhuma razão aparente
- Andar muito próximo ao veículo da frente
- Mudar de faixa bruscamente e sem sinalizar
- Sinalizar erradamente as ações que vai executar
- Responder vagarosamente aos sinais de trânsito
- Avançar em sinais fechados
- Dirigir à noite com os faróis desligados

Fonte: DEPARTAMENTO DE POLÍCIA RODOVIÁRIA FEDERAL. Lei Seca. Disponível em: <www.dprf.gov.br/PortalInternet/leiSeca.faces#faq3>. Acesso em: 9 out. 2012.

ANFETAMINAS

Stockphotos

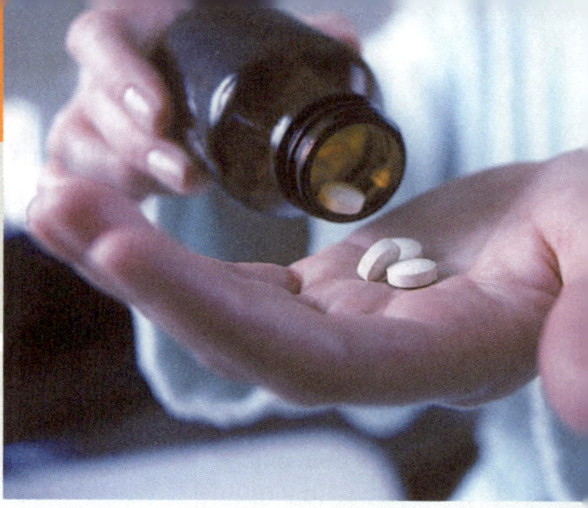

"Mulheres devem estar sempre calmas, sorridentes e magras?"

(Duas jovens adolescentes conversam.)

MARA — Chega de regime! Eu não consigo emagrecer! Estou cada dia ficando mais gorda do que antes de começar o regime.

BIA — Vai por mim, Mara, não adianta regime alimentar, a gente só emagrece com comprimidos emagrecedores. A minha mãe sempre usou, não vê como ela é magra? Meu médico tem uma fórmula que é batata! É remédio natural, sabe?

MARA — Natural pra mim é comer, comer muito. Eu sinto fome, Bia, uma fome doida. Sonho que estou num banquete, rodeada de *pizzas* gigantes, tortas, bolos recheados, sorvetes... Fico louca! Acordo na madrugada e ataco a geladeira. Como tudo o que encontro pela frente.

BIA — Bem, desse jeito, só vomitando depois...

MARA — Vomitando?

BIA — É, às vezes, quando entro numas de comer mais do que devo, vou ao banheiro e enfio o dedo na garganta. Eu boto tudo pra fora. Pronto! Saio de lá sem culpa.

MARA — Eu, hein! Prefiro pôr pra dentro. Nossa, que vontade de comer brigadeirão feito no micro-ondas... ou, então, um bolo floresta negra! Ai, meu Deus! Quem foi que disse que as mulheres devem estar sempre calmas, sorridentes e magras? Eu mato!

ANFETAMINAS

Pois é! O que fazer? As mulheres têm que ser magras, para seguir o padrão de beleza que a mídia não cansa de mostrar, e as adolescentes, em fase de crescimento, adoram comer, às vezes até em exagero. O jeito é apelar para as anfetaminas e perder o apetite.

As anfetaminas são drogas sintéticas, fabricadas em laboratório, não são remédio natural coisa nenhuma. Se exagerar na dose, além de taquicardia (aumento do número de batimentos do coração) e aumento da pressão sanguínea, a pessoa pode ficar agressiva, irritada e até ter delírios e alucinações. Em alguns casos, pode vir a ter convulsão.

Quem usa anfetaminas por muito tempo pode criar dependência e, quando parar de tomar, sentir-se mal, geralmente

EFEDRINA

O que é
Substância estimulante com efeitos similares aos da anfetamina.

Como é consumida
Em forma de cápsula ou comprimido. Encontra-se em alguns suplementos dietéticos, além de na forma pura.

Como age no organismo
Age no sistema nervoso central e provoca uma descarga de adrenalina no indivíduo, o que resulta em aumento dos batimentos cardíacos e elevação da pressão arterial.

Efeitos
Estimula o metabolismo e, como consequência disso, aumenta a queima de gorduras e mascara o cansaço, proporcionando sensação de euforia.

Riscos físicos
Pode provocar dependência comportamental (a pessoa apenas se sente animada se consumir a efedrina), hipertensão e até derrame e infarto.

Riscos psiquiátricos
Pode causar quadros de depressão, ansiedade e pânico e até surto psicótico (doença psiquiátrica em que a pessoa perde o contato com a realidade e muitas vezes é irreversível).

Adaptado de: PINHEIRO, Augusto. Da malhação à fervenção. *Folha de S.Paulo*, São Paulo, 6 ago. 2001. Folhateen, p. 6-7.

caindo em depressão, tendo que voltar a consumi-las. O uso contínuo de anfetaminas pode também levar à degeneração de células do cérebro e produzir lesões. Quer dizer: coisa séria para a saúde está em jogo, quando se faz regime para emagrecer com remédios.

E pensar que tanta menina bonita, que não precisaria fazer regime nenhum, acaba abusando de anfetaminas para ficar mais magra do que deveria. Que besteira!

Por que é que toda mulher tem que ser magra? Só porque a moda determinou isso? Uma coisa é evitar a obesidade, que é um problema de saúde. Outra é aceitar as diferenças físicas que existem. As mais gordinhas podem ser tão ou mais atraentes que as magras, para os homens. Aliás, tem gosto para tudo: tem os que se amarram em seios grandes, coxas rechonchudas, bunda grande, assim como há os que preferem as loiras, as morenas, as negras, as altas, as baixinhas, as que têm olho azul, castanho ou negro.

Com as meninas acontece a mesma coisa: o que agrada a umas não agrada a outras, e vice-versa.

Cada um e cada uma podem se produzir, ficar atraentes, respeitando seu tipo físico (e psicológico também), não querendo ser o que não são e ainda mais à base de remédios perigosos.

Quem precisa mesmo de tratamento para emagrecer (e são poucos, pode crer), que faça com cuidado, acompanhamento médico, se possível buscando alternativas às anfetaminas e sem exagerar. O ideal seria fazer dieta alimentar, orientada por médico e nutricionista. Aprender a comer melhor pode ajudar a saúde e prevenir muitas doenças, preservando o prazer de comer e evitando o risco da dependência de drogas.

Também são anfetaminas as chamadas *bolinhas*, que alguns estudantes usam para varar a noite, e os chamados *rebites*, que alguns motoristas usam para se manter acordados. Outras drogas sintéticas, as metanfetaminas, como o *ecstasy* e o *ice*, são similares.

Como constatar se alguém é obeso, magro ou tem peso adequado? Não é difícil saber isso. Existem várias maneiras, mas no mundo todo emprega-se o conceito de **Índice de Massa Corporal – IMC**. Ele é obtido de maneira bem simples: você mede o seu peso e o divide pela sua altura elevada ao quadrado (multiplicada por ela mesma); exemplificando, se você pesa 60 quilos e mede 1 metro e 60 centímetros (1,60 m):

$$IMC = \frac{peso}{altura^2} = \frac{60}{(1{,}60^2)} = \frac{60}{2{,}56} = 23{,}43$$

Em quase todos os países existem tabelas de IMC classificando as pessoas. Uma muito utilizada foi desenvolvida na Espanha e parece ser muito útil. Diz o seguinte:

Com o IMC:	A pessoa é ou tem:	A conduta a seguir é:
menor que 15	subnutrida	médica
de 15,1 a 20	baixo peso	melhorar a dieta
de 20,1 a 25	peso saudável	manter dieta/exercício físico
de 25,1 a 30	peso excessivo ou sobrepeso	dieta hipocalórica/exercício físico
de 30,1 a 40	obesidade	médica
mais de 40	obesidade mórbida	médica (inclusive medicamentos)

NICOTINA

FPG/Keystone

"Eu pego um cigarrinho"

(Adolescentes num intervalo de aula.)

BIA — Eu acho que fumar é um charme! Nos dá um certo ar de independência, e sinto que sou dona do meu nariz.

PAT — (*Duvidando:*) É mesmo? Eu não acho que...

TECA — (*Interrompendo:*) Claro que sim. Fumar dá sensação de liberdade!

BIA — Eu concordo.

PAT — Só sensação, né...

TECA — Não, o cigarro me ajuda mesmo. Às vezes, dependendo do lugar ou com quem estou, não sei onde pôr as mãos, parece que está faltando alguma coisa, dá uma ansiedade... Então, eu pego um cigarrinho. Sinto alívio e fico numa boa, muito mais segura.

PAT — Segura do quê?

CAROL — Ô, Pat, como você é chata! E sabe do que mais? Os garotos dão muito mais atenção pra gente. Somos mais notadas. Outro dia, um amigo do meu primo, superlindo, que está no 3º ano da faculdade, me deu a maior bola. Uma olhada...

PAT — Será que ele não olhou porque levou um susto? Pensou: "Nossa! Uma pirralha dessa e já fumando?!".

(As meninas não dizem nada, Carol torce o nariz e Pat ri.)

"Tabaco também é droga"

(Pai pega a filha na saída da escola.)

PAI — Oi, filha, como foi seu dia? Tudo bem?

FILHA — Tudo bem... Hoje meu grupo apresentou o trabalho sobre drogas lícitas e ilícitas. A professora disse que foi muito bom.

PAI — Parabéns! É muito importante você ter aulas de prevenção às drogas. Aproveite bem essas aulas. Saiba que seu pai nunca usou drogas!

NICOTINA

Nome

Nicotina (cigarro, charuto, cachimbo).

Classificação

Alcaloide estimulante do sistema nervoso central.

De onde se extrai

Das folhas de mais de sessenta espécies de *Nicotiana*. As mais usadas são a *rustica* e a *tabacum*. A primeira é mais forte, mas a *tabacum* tornou-se preferida por seu aroma e sabor agradáveis.

Origem

América. Os maias, que constituíram um império na América Central, fumavam as folhas do tabaco em longos cachimbos de junco.

Adaptado de: LEGAIS e perigosos. *Superinteressante*, São Paulo, ed. 132A, set. 1998. Disponível em: <http://super.abril.com.br/saude/legais-perigosos-443865.shtml>. Acesso em: 10 out. 2012.

POR QUE AS PESSOAS FUMAM

Oito segundos depois de inalada, a nicotina chega ao cérebro, que estimula a produção de dopamina, adrenalina (ambas estimulantes) e betaendorfina (relaxante), com os seguintes efeitos:

- sensação de prazer;
- redução de ansiedade;
- aumento da vigilância;
- diminuição da fome;
- perda de peso;
- aumento do rendimento no trabalho;
- melhoria da memória.

Adaptado de: LEITE, Virginie. O segredo do cigarro turbinado. *Veja*, São Paulo, ano 29, ed. 1446, p. 90-91, 29 maio 1996.

FILHA — Ah, pai! É claro que já usou.

PAI — Ô, filha... se eu estou dizendo que nunca usei...

FILHA — Usa sim, papai, e todos os dias.

PAI — Hã?

FILHA — Você fuma três maços de cigarro por dia! Tabaco também é droga, pai, e faz muito mal! Pra quem fuma e pra quem convive com ele, que acaba sendo também fumante, só que passivo...

PAI — Ih, filha, agora você me pegou!

NICOTINA

A nicotina presente no cigarro é uma droga que causa dependência. Sua ação no organismo é rápida, trazendo uma sensação de bem-estar que só se mantém se a pessoa fumar continuamente, em intervalos regulares. Há quem precise fumar um maço por dia, outros precisam de dois, três, quatro, até cinco maços por dia. Já pensaram nisso? Fumar cem cigarros em cerca de dezesseis horas (as vinte e quatro horas do dia menos as oito do sono) dá um cigarro a cada dez minutos. É acender um cigarro no outro. Não há nenhuma outra droga que se consuma com tanta voracidade.

Robert Van Der Hilst/Corbis

Colheita de tabaco em Cuba.

Esta é uma das explicações das várias consequências para a saúde dos fumantes ao longo dos anos. Desde os anos 1950 sabe-se das relações entre o tabaco e o câncer, entre muitas outras doenças. No entanto, o cinema e a propaganda sempre glamourizaram o cigarro. A fumaça dá um belo efeito fotográfico! Nas propagandas, essa droga era frequentemente associada a esportes – justo ela, que diminui a capacidade pulmonar, limitando a atividade física.

Stockphotos

Também se associava o cigarro a vida boa, *status*, beleza, viagens, natureza. Eta propaganda enganosa! Só mesmo impondo cada vez mais restrições e regulamentando a propaganda de cigarros.

Afinal, segundo estimativa da Organização Mundial de Saúde – OMS, a cada dia, 100 mil crianças tornam-se fumantes em todo o mundo. Por ano, cerca de 5 milhões de pessoas morrem vítimas do tabaco. O que pode aumentar para 10 milhões em 2030 caso as estimativas de aumento de consumo de produtos fumígeros se confirmem.

A nicotina do cigarro causa dependência; todo mundo conheçe gente que já tentou parar de fumar várias vezes... É difícil mesmo, os tratamentos existentes têm sucesso relativo. Mas vale a pena insistir porque os benefícios de se livrar do tabaco são enormes. Na síndrome de abstinência pode ocorrer depressão, irritabilidade, insônia e dificuldade de concentração. O desejo de voltar a fumar é feroz e geralmente a pessoa não aguenta ficar sem o cigarro. E o hábito adquirido, então? É um poderoso condicionante psicológico. No entanto, tem tanta gente que ainda diz: “Quando

Como o cigarro atua no organismo

Ilustrações digitais de Alex Silva

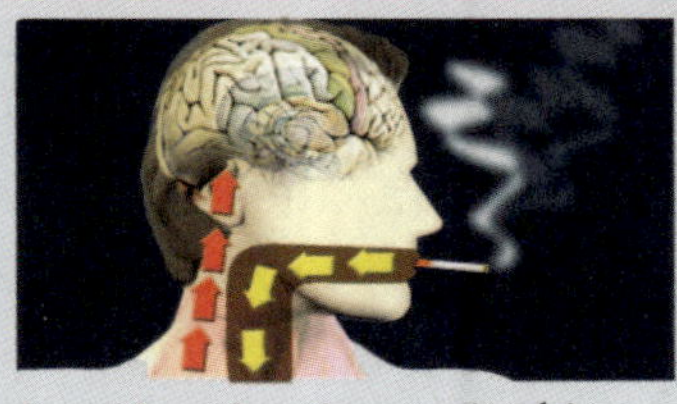
Ingerida pelas vias respiratórias, a nicotina chega no sangue, que irriga todo o corpo, incluindo o cérebro.

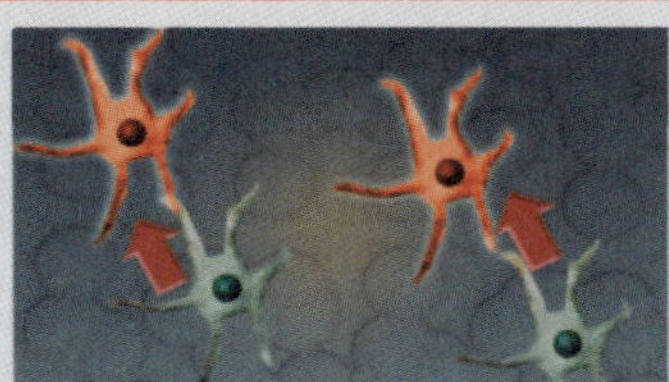
Na cabeça do fumante, essa toxina excita os neurônios, que produzem um estimulante chamado dopamina.

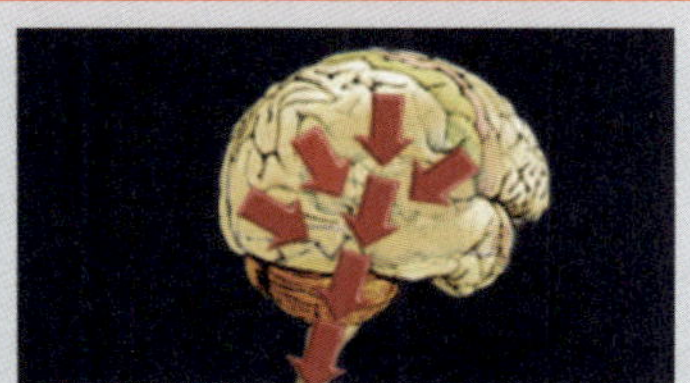
Os neurônios lançam a dopamina no sistema nervoso central e criam uma sensação de prazer. A dependência nasce daí.

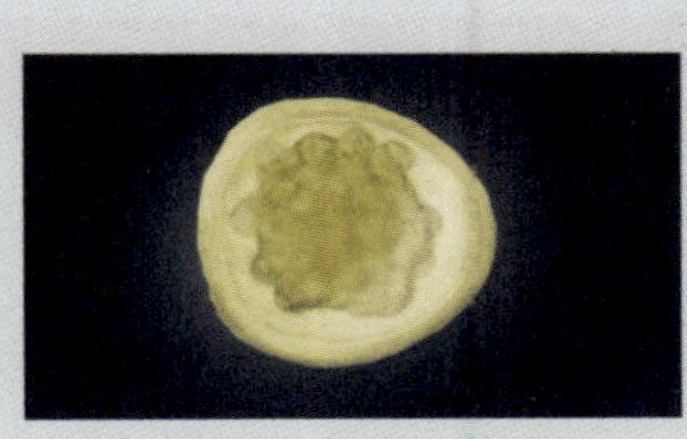
As células do nosso corpo têm um ciclo de vida e morte, mas tendem a permanecer inalteradas em sua estrutura.

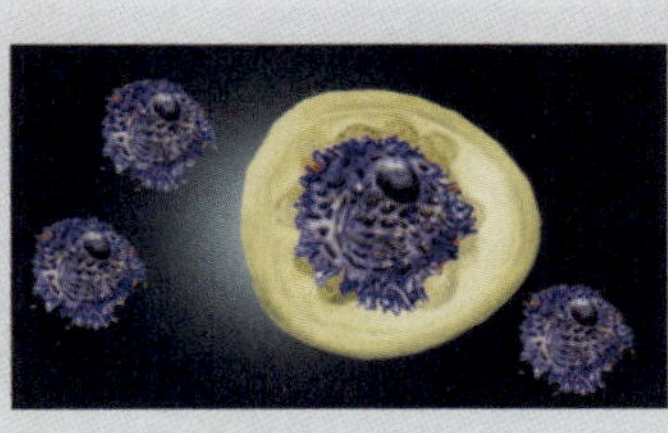
O alcatrão do cigarro concentra substâncias cancerígenas, que causam mutações no núcleo das células.

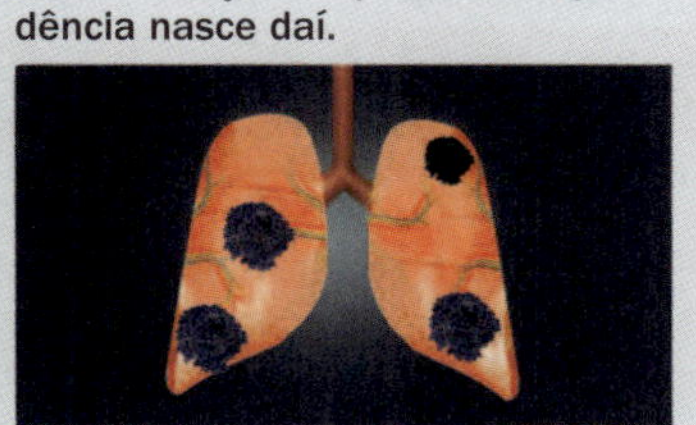
As células alteradas podem formar tumores. Dos casos de câncer no pulmão, 90% estão ligados ao tabagismo.

Adaptado de: PRESTES, Cristine. A vítima tem 13 anos. *Veja*, São Paulo, ano 33, n. 7, ed. 1636, p. 72-73, 16 fev. 2000.

A Lei nº 9.294, de 15 de julho de 1996, proíbe a publicidade de produtos derivados do tabaco nos veículos de comunicação. Dentre as restrições que a lei impõe à propaganda de cigarros e produtos fumígeros, estão:

- não induzir as pessoas ao consumo exagerado ou irresponsável, nem à sensação de bem-estar ou a vida saudável;
- não associar ideias ou imagens de êxito no desempenho sexual, insinuando aumento da virilidade ou feminilidade de pessoas fumantes;
- não empregar imperativos que induzam diretamente ao consumo;
- não associar o uso do produto a práticas esportivas nem sugerir seu consumo em locais ou situações perigosas, abusivas ou ilegais.

A lei também obriga os fabricantes de cigarros a veicularem nas embalagens dos maços mensagens de advertência sobre os malefícios do cigarro, acompanhadas de imagens que ilustrem o sentido das mensagens, todas precedidas por “O Ministério da Saúde adverte...”:

- “fumar causa mau hálito, perda de dentes e câncer de boca”;
- “fumar causa infarto do coração”;
- “fumar na gravidez prejudica o bebê”;
- “em gestantes, o cigarro provoca partos prematuros, o nascimento de crianças com peso abaixo do normal e facilidade de contrair asma”;
- “crianças começam a fumar ao verem adultos fumando”;
- “a nicotina é droga e causa dependência”
- “fumar causa impotência sexual”.

Já a Lei nº 12.546, de 14 de dezembro de 2011, institui que, a partir de 1º de janeiro de 2016, além das mensagens de advertência contidas nos maços de cigarro e determinadas pelo Ministério da Saúde, haja um texto de advertência adicional, ocupando 30% da parte inferior frontal dos maços.

Fonte: BRASIL. Lei nº 9.294, de 15 de julho de 1996. Disponível em: <http://www.planalto.gov.br/ccivil_03/leis/l9294.htm>. Acesso em: 10 out. 2012.

88% DOS MORADORES DE SP SÃO A FAVOR DA LEI ANTIFUMO

É o que informa pesquisa Datafolha, publicada em 14 de agosto de 2009. Foram ouvidos 2.052 moradores do Estado acima de 16 anos, dos quais 88% declararam ser a favor da proibição de fumar em locais fechados, 10% opinaram contra e 2% se declararam indiferentes. O percentual de entrevistados que fumam equivale a 24% das pessoas ouvidas. Dessas, 71% estão de acordo com a lei. Entre os que não fumam, essa taxa sobe para 94%.

Adaptado de: DATAFOLHA. *88% dos moradores do estado de São Paulo são a favor da lei antifumo*. 17 ago. 2009. Disponível em: http://datafolha.folha.uol.com.br/opiniaopublica/2009/08/1225561-88-dos-moradores-do-estado-de-sao-paulo-sao-a-favor-da-lei-antifumo.shtml. Acesso em: 19 out. 2016.

23% DOS BRASILEIROS COM 16 ANOS OU MAIS SÃO FUMANTES

Pesquisa feita pelo Datafolha mostra que o hábito de fumar de 23% dos brasileiros começa cedo, ainda antes dos 18 anos. Dos 2.771 entrevistados, 52% assumem começar a fumar entre 12 e 17 anos; 8%, com 11 anos; 23%, entre 18 e 24; e apenas 5% com 25 anos ou mais. 83% desses entrevistados acreditam na eficácia das propagandas antifumo nas embalagens de cigarros. Acham adequado mostrar os males que o vício em nicotina pode causar.

Adaptado de: DATAFOLHA. *23% dos brasileiros com 16 anos ou mais é fumante*. Disponível em: <http://datafolha.folha.uol.com.br/po/ver_po.php?session=501>. Acesso em: 10 out. 2012.

- Estudos mostram que 40% a 50% dos estudantes compram cigarros em lojas, bares ou camelôs. 76% a 97% deles não foram impedidos de comprar cigarros nesses locais devido à pouca idade.
- Segundo a Organização Mundial de Saúde – OMS, 40% das crianças estão regularmente expostas ao fumo passivo em casa.
- Pesquisa encomendada pela Aliança de Controle do Tabagismo – ACT revela que em 82% dos estabelecimentos como padarias, bancas de jornal ou onde há presença maciça de crianças e jovens, os cigarros estão expostos em *displays*; em 84% desses locais, estão visíveis para crianças, e, em 66%, crianças e jovens podem ver cartazes com propaganda de cigarros.

Adaptado de: ALIANÇA DE CONTROLE DO TABAGISMO — ACT. *Crianças, adolescentes e o tabaco*. Disponível em: <http://actbr.org.br/tabagismo/jovens.asp>. Acesso em: 10 out. 2012.

quiser, eu paro". Que bela mentira estão pregando em si mesmas...

Pois é, tem gente que acha que fumar é um charme, como as nossas personagens Bia, Teca e Carol. A Pat pode até ser chata mesmo, só que ela *pensa*. É capaz de criticar as besteiras que ouve, que todo mundo fala e que ficam parecendo verdade. Pelo jeito, as meninas estão embarcando na canoa furada do tabaco bem mais que os meninos. Que é isso, gente? Essa é uma péssima forma de querer ser livre, forte. Como? Permitindo-se ser dominada por um desejo que escraviza? Já o pai fuma três maços de cigarro por dia há anos e acha que nunca usou droga. Pode? Só porque o cigarro é vendido legalmente, ele não é visto como droga!

Os interesses econômicos que envolvem não só as indústrias mas a propaganda, a mídia e até o governo, que recebe os impostos, tornam tudo isso nebuloso. O governo, na realidade, está perdendo, pois gasta mais com a saúde dos fumantes do que ganha com a receita de impostos.

Hoje as consequências para o organismo dos que fumam são bem conhecidas e quem é esperto cai fora. A tendência é o consumo do cigarro diminuir. Aí o que fazem as indústrias? Investem cada vez mais nos mais jovens; afinal, quanto antes se começa a fumar, mais tempo de lucro para as empresas (e também piores consequências para a saúde).

Aumentar o teor de nicotina da planta do tabaco e acrescentar outras substâncias ao cigarro, como a amônia, para aumentar o poder viciante da nicotina, são estratégias utilizadas pela indústria do fumo para aliciar novos dependentes e tornar mais difícil largar o cigarro.

BRASIL LIVRE DO FUMO

A Lei n. 12.546, de 15 de dezembro de 2011, além de aumentar os impostos sobre produtos de tabaco, proíbe o fumo em ambientes fechados em todo o território nacional. Como a lei ainda não está regulamentada, por enquanto valem as legislações antifumo adotadas nos Estados ou Municípios. Na ausência de lei local relativa ao assunto, a lei a ser obedecida é a lei federal 9.294, de 1996.

Para um Brasil livre do fumo é preciso fiscalizar a aplicação das leis antitabagismo. Verifique a legislação antifumo de seu Estado ou Município no *site* da Aliança de Controle do Tabagismo – ACT: www.actbr.org.br/biblioteca/mapa.asp. Outra atitude cidadã é denunciar propagandas irregulares e descumprimentos da lei (veja como em: http://actbr.org.br/tabagismo/denuncias.asp).

INALANTES E SOLVENTES

Loiuse Williams/SPL

"Fica doidão"

(Bate-papo entre adolescentes.)

TINA — Mas não é só menino de rua que usa?

DECO — Eu sou menino de rua?

EDU — Mas só cheiro pelo nariz, porque cheirando pela boca se fica doidão muito mais rápido.

TINA — Então você experimentou...

EDU — Eu cheirei cola de sapateiro e "loló".

TINA — O que é isso?

DECO — O "cheirinho da loló" é lança-perfume caseiro, clandestino, feito em laboratório pirata. É uma mistura de éter com clorofórmio.

TINA — Credo!

EDU — Dá um barato legal, no começo a gente fica supereufórico, pra cima, depois começa a ficar meio zonzo e enxergar tudo embaçado.

TINA — E vocês usam pra sentir isso! Os meninos que estão na rua começam a usar pra enganar a fome, mas vocês...

DECO — É fácil pra usar, em qualquer casa tem. Esmalte, acetona, verniz, benzina, removedor, fluido de isqueiro, você encontra em qualquer armário.

EDU — Tem muito aluno usando os solventes. A gente usa só de farra.

TINA — Os solventes têm efeito tóxico, são droga! Eu sei que quem usa pode ficar inconsciente, entrar em coma e até morrer. E vocês ainda dizem que só usam de farra?!

Stockphotos

INALANTES E SOLVENTES

Depois do álcool e do tabaco, os inalantes e solventes são as drogas mais consumidas pelos adolescentes — do estudante ao menino de rua. Ganham da maconha, da cocaína e, na média, do crack também.

E o que são estes tão populares solventes e inalantes? Nada mais, nada menos, do que produtos de uso banal, caseiro, às vezes diário.

Nos anos 1950, no Brasil, lança-perfume era brinquedo de criança no carnaval, motivo de alegria, confraternização, cheirinho bom. Seu uso abusivo como inalante levou à proibição. E a proibição fez nascer o cheirinho da loló, caseiro e, às vezes, de composição duvidosa (geralmente éter e clorofórmio, mas quem pode garantir?).

A cola de sapateiro é droga muito popular, usada indevidamente. Tão necessária não só ao sapateiro, mas aos nossos sapatos, acabou se tornando um problema de saúde pública pelas graves consequências que pode trazer.

Quem não sabe a utilidade que tem a benzina para remover sujeiras difíceis de sair? Ou a importância da acetona para as mulheres que pintam as unhas? Ou do removedor de tinta para limpar os estragos produzidos pela pintura nas casas? E o que dizer da gasolina que move os carros?

Pois essas coisas corriqueiras podem virar drogas psicotrópicas quando inaladas. Essas e muitas outras substâncias do nosso dia a dia. O que fazer para acabar com as drogas: proibir de produzir todas elas? Só como piada, não é mesmo?

Nossa vida está cheia de substâncias químicas, de grande utilidade. Boa parte delas pode ter seu uso alterado, indevido, "dar barato"

	LANÇA-PERFUME
COMO AGE	Ao ser inalado, o éter contido em sua fórmula entra na circulação sanguínea e leva o cérebro a funcionar mais lentamente
EFEITO	O efeito de cada inalada dura em média dois minutos. O usuário fica mais desinibido e sofre alterações visuais e auditivas
FINALIDADE	A partir da década de 1930, firmou-se como a droga do Carnaval. Perdeu popularidade, mas ainda é usado em festas de adolescentes
RISCO	Tontura, desmaios e parada cardíaca

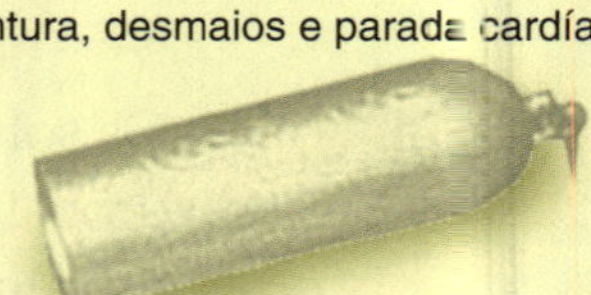

Adaptado de: GALHARDO, Ricardo; PELES, Cristina. A viagem virtual. *Veja*, São Paulo, ano 33, n. 40, ed. 1669, p. 96-97, 4 out. 2000.

Acervo *Última Hora*/Folha Imagem

Crianças brincam com tubo de lança-perfume em 1954.

e causar problemas. Nem por isso sua utilidade original pode ser descartada. Pode virar substância de uso controlado, mas evidentemente precisa continuar existindo.

Hoje se compra benzina dando nome, endereço, carteira de identidade, etc. e tal. Mas não há como evitar o desvio de suas funções, o abuso, o risco aí envolvido. Ou há?

Se se consegue controlar uma substância, descobre-se outra, outra e outra. São tantas as possibilidades e tal é o interesse em descobrir novas emoções e paraísos artificiais que o vale-tudo é a regra. Pois não se cheira até corretivo na escola? A imaginação não tem limites. Mas o bom-senso tem. Adicione uma pitada de bom-senso à sua vida de aventura e risco. Com certeza você vai viver mais e melhor assim.

Juca Varela/Folha Imagem

Cola de sapateiro: usada indevidamente, traz graves consequências para a saúde.

INALANTES E SOLVENTES

De acordo com o aparecimento dos efeitos após a inalação de solventes, eles foram divididos em quatro fases:

– **Primeira fase**: é a chamada **fase de excitação e é a desejada**, pois a pessoa fica eufórica, aparentemente excitada, ocorrendo tonturas e perturbações auditivas e visuais. Mas podem também aparecer náuseas, espirros, tosse, muita salivação e as faces podem ficar avermelhadas.

– **Segunda fase**: a **depressão** do cérebro começa a predominar, com a pessoa ficando em confusão, desorientada, com voz meio pastosa, visão embaçada, perda do autocontrole, dor de cabeça, palidez; a pessoa começa a ver ou ouvir coisas.

– **Terceira fase**: a **depressão se aprofunda** com redução acentuada do alerta, incoordenação ocular (a pessoa não consegue mais fixar os olhos nos objetos), incoordenação motora com marcha vacilante, a fala "engrolada", reflexos deprimidos; já podem ocorrer evidentes processos alucinatórios.

– **Quarta fase**: **depressão tardia**, que pode chegar à inconsciência, queda da pressão, sonhos estranhos, podendo ainda a pessoa apresentar surtos de convulsões ("ataques"). Esta fase ocorre com frequência entre aqueles cheiradores que usam saco plástico e após um certo tempo já não conseguem afastá-lo do nariz e assim a intoxicação torna-se muito perigosa, podendo mesmo levar ao coma e à morte.

Finalmente, sabe-se que a aspiração repetida, crônica, dos solventes pode levar à destruição de neurônios (as células cerebrais), causando lesões irreversíveis no cérebro. Além disso pessoas que usam solventes cronicamente apresentam-se apáticas, têm dificuldade de concentração e déficit de memória.

Mehau Kulik/SPL

MACONHA

FPG/Keystone

"Fumou, tragou e não gostou"

(*Jovens batendo papo.*)

JOVEM 1 — Parece que a maconha não é tão perigosa.

JOVEM 2 — Todo mundo fuma!

JOVEM 3 — Imagine! Só porque você quer.

JOVEM 4 — (*Ri.*) Eu não fumo.

JOVEM 1 — Teve um político, acho que foi um presidente, que disse que fumou mas não tragou e outra mulher, lá do governo dos Estados Unidos, que disse que fumou, tragou e não gostou!

JOVEM 4 — Ah! Isso já virou piada.

JOVEM 2 — Mas ninguém pode negar que a maconha é útil, pode ser usada para fins medicinais e também na indústria têxtil.

JOVEM 3 — Eu sei. Sei também que o THC, que é o princípio ativo da maconha, e faz com que ela tenha o efeito que tem, não é encontrado nas raízes nem nas sementes. Cara, eu tenho uma amiga que comprou um *jeans* feito de cânhamo, que vem da fibra do caule da maconha, e ela cortou a barra da calça pra fazer um cigarrinho. Queria saber se dava barato!

JOVEM 1 — Ridículo! É a mesma coisa que falar que soube de um cara que fumou e saiu pelas ruas superviolento, assaltando e matando.

JOVEM 4 — Não é bem assim, eu sei que quem usa fica desligadão, chapado, perde a noção de tempo e espaço, não tem gás, eu acho, pra sair matando. Ele pode até fazer tudo isso por outras razões, mas não porque fumou maconha.

JOVEM 2 — A *Cannabis* é uma droga leve.

JOVEM 4 — A maconha é uma droga, pode não matar quem usa, mas também não deixa de fazer mal. Atua no cérebro, causa distúrbios na memória, na atenção e na capacidade de juntar as informações.

JOVEM 1 — É... eu sei que a erva não é inofensiva. Mas eu curto fumar uns "baseados". Pode ser que um dia eu queira parar.

JOVEM 3 — Ou então precise!

MACONHA — CONTRA OU A FAVOR?

A Cannabis sativa, *também conhecida como marijuana ou cânhamo, de cujas folhas se fazem os cigarros de maconha, tem usos industriais. Podem-se produzir tecidos grossos,* jeans, *tênis, entre outras coisas. Você sabia que até um rascunho da declaração de independência dos Estados Unidos da América foi feito num papel produzido do cânhamo? E que velas de embarcações da era dos "descobrimentos" eram feitas à base dessa erva? Parece estranho proibir tais usos industriais só porque da planta se produz a maconha, não é mesmo?*

A questão é controversa, claro, como tudo o que se relaciona com a maconha. De um lado, os que exageram os efeitos, os danos e as consequências de seu uso. De outro, os que a defendem com unhas e dentes, minimizando ou negando todos os problemas a ela relacionados. Fica difícil saber onde está a verdade sobre a maconha, desse jeito.

Isso vale até para os estudos científicos que chegam a "provar" coisas opostas sobre a maconha. Resultados não são divulgados, outros chegam distorcidos ao conhecimento da população. O que fazer diante de tudo isso?

Certezas são poucas, pouquíssimas. E sujeitas a diferentes interpretações, como sempre. Mas vamos lá.

A maconha é uma droga psicoativa que tem efeito perturbador. Comprovadamente ela altera noções de tempo e espaço, modifica a percepção dos sentidos e altera os reflexos. Fumar um "baseado" e dirigir é, portanto, tão arriscado quanto beber álcool e dirigir. Aliás, todas as funções que exigem atenção concentrada, precisão de movimentos e discerni-

SPL/Stockphotos

Folha de *Cannabis sativa*.

mento estarão prejudicadas. Este é um alerta importante em relação à maconha.

O uso da maconha interfere na produção de espermatozoides, podendo gerar esterilidade masculina temporária. Suspendendo-se o uso, a produção volta ao normal.

A longo prazo, a maconha prejudica funções da memória e raciocínio e, tanto quanto o tabaco, pode produzir câncer e outras doenças pulmonares, por ser geralmente fumada e apresentar alta toxicidade. Claro que se fumam menos cigarros de maconha por dia do que de tabaco, mas seu uso constante não tem nada de inofensivo.

Maconha cria dependência, é

	MACONHA
COMO AGE	O princípio ativo, o THC, interfere na região do sistema nervoso responsável pelo controle das emoções e da memória de curto prazo
EFEITO	Distorce as imagens, os sons e a noção de tempo e provoca relaxamento muscular e perda de reflexo entre duas e quatro horas
FINALIDADE	Ganhou destaque durante o movimento *hippie*, nos anos 1960. Hoje é a droga mais usada entre jovens e adolescentes
RISCO	Perda de memória e de atenção e dificuldade de aprendizado

Adaptado de: GALHARDO, Ricardo; PELES, Cristina. A viagem virtual. *Veja*, São Paulo, ano 33, n. 40, ed. 1669, p. 96-97, 4 out. 2000.

Ilustração digital de Alex Silva

A DROGA QUE VIROU TÊNIS, PAPEL...

O arbusto cresce fácil, não danifica o meio ambiente e está dando lucro alto na economia tradicional.

A maconha para fumar é uma mistura de brotos e folhas, na qual se concentra o THC. Da seiva é feito o haxixe. Em estufa, principalmente, se planta a variedade *sinsemilla*, com muito mais THC do que as plantas comuns.

Da fibra encontrada no caule e nos galhos maiores se produz o cânhamo. Só não há princípio ativo nas raízes e nas sementes.

MACONHA LIDERA CONSUMO MUNDIAL DE DROGAS ILÍCITAS

O Relatório Mundial sobre Drogas, publicado pela ONU em 2011, revela que a *Cannabis* ainda lidera o *ranking* das drogas mais consumidas no mundo. Em 2009, pessoas entre 15 e 64 anos de idade, aproximadamente 125 milhões e 203 milhões de pessoas da população mundial, respectivamente, tinham consumido maconha pelo menos uma vez no ano anterior.

A produção da maconha está espalhada nos continentes americano e africano, e a de haxixe concentra-se em dois países: Marrocos e Afeganistão.

Adaptado de: UNITED NATIONS OFFICE ON DRUGS AND CRIME — UNODC. *Relatório Mundial sobre Drogas*: mercado de drogas se mantém estável, mas aumenta o consumo de drogas sintéticas e de prescrição. 23 jun. 2011. Disponível em: <www.unodc.org/southerncone/pt/frontpage/2011/06/23-world-drug-report-2011.html>. Acesso em: 10 out. 2012.

MACONHA E CÂNCER DE TESTÍCULOS EM JOVENS

Estudo do Instituto do Câncer do Estado de São Paulo (Icesp) revela que o consumo de maconha aumenta o risco de desenvolver câncer de testículos em jovens. Percebeu-se que, dos pacientes atendidos, os que tinham tumores mais agressivos tinham histórico de uso de maconha. Sabe-se que o uso constante da droga altera os hormônios, baixando os níveis de testosterona e dos hormônios FSH e LH, importantes para a sexualidade e virilidade. A maconha também colabora para a infertilidade.

Adaptado de: MACONHA aumenta o risco de desenvolvimento de câncer de testículos em jovens. *O Globo*, Rio de Janeiro, 17 set. 2011. Saúde. Disponível em: <http://oglobo.globo.com/saude/maconha-aumenta-risco-de-desenvolvimento-de-cancer-de-testiculos-em-jovens-2696860>. Acesso em: 10 out. 2012.

óbvio, apesar da inexistência de síndrome de abstinência. Traz consequências para o dia a dia do estudo e do trabalho, afetando costumeiramente a motivação — isso, principalmente, por seu efeito depressor, que deixa a pessoa “chapada”. Quem se habitua pode conseguir fazer uso da droga sem maiores prejuízos para sua vida, ou usá-la meramente como recreação. Só que isso exige um autocontrole muito grande, que poucas pessoas têm. Não há *overdose* e ninguém morre pelo consumo apenas de maconha. Na verdade, ela provoca fastio quando usada exageradamente.

A maconha tem usos medicinais. Pode ser útil para pacientes com glaucoma, um problema ocular sério. Por sua ação estimuladora do apetite, especialmente de doces, pode ser útil a doentes com câncer ou Aids. A “larica” — característica do uso da droga — estimula a alimentação desses pacientes, melhorando seu estado de saúde. Parece ter efeito benéfico também para pacientes com epilepsia. Só que fumada traz os prejuízos já citados.

Um comprimido de THC — tetrahidrocanabinol, substância ativa da maconha — poderia ser uma solução para o uso médico. O canabidiol, outro componente abundante na planta, parece ser de ajuda para o tratamento da artrite reumatoide. Mas é preciso mais pesquisa para conhecer melhor os usos e as desvantagens do produto. O que no caso da maconha é muito difícil, pela polarização de opiniões, que impede uma visão mais objetiva da questão. É uma pena. Antes de ser contra ou a favor de alguma coisa, é preciso saber bem de que se trata. Senão, vira puro preconceito.

Rita Nazareth/Folha imagem

Produtos feitos ou inspirados na maconha em loja de Lugano, Suíça.

Farmácia vendia coca e maconha até 1938

Banimento das drogas no Brasil ocorreu por pressão internacional

MARIO CESAR CARVALHO
Da Reportagem Local

Em 1785, o vice-rei do Brasil Luiz de Vasconcellos e Sousa enviou um ofício à Capitania de São Paulo pedindo encarecidamente que os agricultores voltassem a plantar maconha, essa "importantíssima cultura", como frisava.

O ofício era acompanhado de 16 sacas de sementes para serem distribuídas e um folheto explicando como cultivar a erva. Até 1880, pelo menos outra meia dúzia de ofícios recomendavam o plantio.

Não, a Coroa Portuguesa não havia enlouquecido. Maconha — ou cânhamo, como se dizia à época — produzia excelentes fibras para se fazer cordas, cordões e tecidos. Daí o interesse da Marinha e da Fazenda Real portuguesas.

Maconha nem era a primeira droga com a qual Portugal havia sido complacente. Em 1737, a Câmara de São Paulo decidiu restringir a venda de ópio a médicos. Na verdade, fazia cumprir um capítulo das "Ordenações Filipinas", primeiro conjunto de leis moderno a proibir drogas, em 1603.

Um comerciante que vendia ópio a torto e a direito decidiu reclamar da restrição ao rei e em 1738 D. João V determinou: "Que corra livre o comércio destas drogas como os suplicantes requerem".

A primeira restrição à droga no Brasil só viria em 1830. O Rio de Janeiro proibiu a "venda e o uso do pito de Pango", o cachimbo de barro usado para fumar maconha.

Corbis/Stockphotos

O vendedor do pito pagava multa; o negro que pitasse pegava três dias de cadeia.

Maconha mesmo ninguém era louco de proibir. Havia se convertido numa das principais plantas fibrosas produzidas em São Paulo, segundo o "Almanaque Litterario de S. Paulo para o Anno de 1876 publicado por José Maria Lisboa". O jornal "A Província de S. Paulo" ensinava até a cultivá-la nesse mesmo ano.

No final do século 19, maconha não era só matéria-prima de corda. Transformara-se em remédio, vendido livremente até 1917 e com receita até 1938, quando foi banida junto com a cocaína. O anúncio mais antigo de maconha encontrado por Guido Fonseca, 61, principal pesquisador da história das drogas no Brasil, data de 1885.

"Basta aspirar a fumaça dos Cigarros indios para fazer desapparecerem completamente os mais violentos ataques de Asthma, Tosse nervosa, Rouquidão, Extincção da vox, Nevralgia facial, Insomnia, e também combater a Tisica laryngea", prometia o anúncio da Grimault e Cia., de Paris.

Chamavam-se "cigarros índios" porque eram feitos de *Cannabis indica*, uma variedade de maconha.

Cocaína

Panaceia similar só experimentando um alcaloide que havia sido descoberto em 1859 — a cocaína. Segundo os cientistas, servia para tratar laringite, faringite e era um ótimo analgésico.

Já laboratórios como o Grimault recomendavam o vinho de coca para "pessoas fracas ou debilitadas por trabalho excessivo", para o "empobrecimento do sangue", para tísicos, "às jovens pálidas e delicadas". Ele impediria também dores de estômago e gastrite.

É claro que com tantos efeitos colaterais conhecidos a cocaína não seria só usada como anestésico. Ainda mais com uma legislação dócil.

Em 1882, surgiu a primeira lei que exigia receita para a venda de cocaína — mas não havia pena para os infratores. O Código Penal de 1890 era uma piada. A multa mais alta para a venda irregular era 1/60 do preço mais baixo do grama.

Em 1917, a legislação deu uma guinada. O Código Sanitário desse ano previa o fechamento de farmácias que vendessem cocaína e ópio sem receita médica. Pena de prisão para os vendedores só surgiria em 1921. As farmácias, junto com bordéis, eram os principais centros distribuidores de coca.

Sodoma das drogas

São Paulo, a se confiar na polícia, havia se transformado em uma Sodoma das drogas. "A cidade se tornou um centro de alarmantes vícios", escreveu um delegado em 1918, no que deve ser o primeiro documento sobre o impacto das drogas. "As suas vítimas formarão um exército de inutilizados."

Não era só por causa do imaginário apocalipse interno que as leis endureceram. Havia pressão internacional, segundo Edemur Ercilio Luchiari, 54, delegado do Departamento de Investigações sobre Narcóticos de São Paulo.

O controle sobre a cocaína foi instituído em 1904 nos EUA pela FDA (Food and Drugs Administration). Cinco anos antes, a folha de coca era usada na Coca-Cola.

Em 1912, os norte-americanos pressionaram na Convenção Internacional do Ópio, realizada em Haia (Holanda), para que o ópio fosse banido e a cocaína só fosse vendida com receita — seria a legislação brasileira após cinco anos.

O banimento da cocaína e da maconha das farmácias brasileiras em 1938 era o país acertando o passo com uma convenção internacional de 1925.

Fonte: CARVALHO, Mario Cesar. Farmácia vendia coca e maconha até 1938. *Folha de S.Paulo*, São Paulo, 24 dez. 1995. Primeiro caderno, caderno 1, p. 12.

FPG/Keystone

“Descriminalizar não é liberar!”

(Alunas conversam enquanto fazem um trabalho escolar.)

Roberta — Eu acho confuso...

Marina — Confuso, por quê ?

Roberta — Ou uma droga é ilegal ou é legal, legalizada, né?

Melissa — Você também pode dizer que são ilícitas quando ilegais, proibidas, ou lícitas, quando legalizadas, permitidas.

Roberta — É, isso eu sei. Mas o que eu não entendo, o que eu acho confuso é o seguinte: como que uma droga ilegal pode ser discriminada...?

Marina — Não! Não é discriminada! É des-cri-mi-na-da ou descriminalizada, que quer dizer deixar de ser crime, de ser penalizado. Descriminalizar não é liberar!

Roberta — Quer dizer que uma droga pode ser ilegal e ao mesmo tempo ser discri... (percebe o erro e conserta, sublinhando o início da palavra) *descriminada*?

Melissa — Claro que pode, mas antes preste atenção: discriminar com *i* significa apartar, separar, não aceitar. Por exemplo, a discriminação racial. Sacou?

Roberta — Ô gente, isso eu já sabia...

Marina — Então, você entendeu a diferença entre descriminar e legalizar? Descriminar significa tirar a culpa, inocentar. Não prender ou condenar o usuário de drogas, e legalizar (lê um recorte de jornal) significa: “disciplinar o uso por meio de lei”.

Melissa — Como os calmantes vendidos nas farmácias. Você só pode comprar com receita médica para usá-los adequadamente. Vender sem receita médica é ilegal e o uso inadequado desses remédios pode trazer sérios problemas.

Marina — E causar dependência.

Roberta — Agora eu entendi. Veja se estou certa, a maconha é uma droga ilícita, ilegal, e fumar maconha continua sendo proibido. Mas quem for pego fumando não será preso ou condenado. Acertei?

Marina — Certíssimo. Mas a descriminalização existe apenas para o consumo de drogas consideradas ilícitas.

Melissa — As pessoas que carregam uma quantidade grande de droga são consideradas traficantes, e estes são criminalizados, presos e condenados.

Roberta — Bem, pelo menos deveriam...

Marina — Eu acho certo diferenciar o tratamento para traficantes e consumidores.

Melissa — Eu não sei direito, mas parece que agora tem uma lei que procura diferenciar a conduta do usuário da do traficante.

Marina — Antes, a lei sobre drogas incriminava tanto o tráfico como o porte de drogas para uso próprio. Agora, eu acho que, em vez de cadeia, o usuário deverá pagar uma multa e receber medidas educativas, como advertências, prestações de serviços para a comunidade ou tratamentos em clínicas.

Roberta — Uau! Como vocês são sabidas! Ainda bem que aprendi tudo, assim vocês não vão me discriminar. Discriminar com *i*!!

Melissa — Boba! (*As garotas caem na risada.*)

MACONHA – DESCRIMINAÇÃO E LEGALIZAÇÃO

A maconha, com suas diversas denominações, é uma das drogas mais antigas e populares do planeta. O primeiro registro que se tem dela remonta ao ano 2737 a.C., na China. Seu uso está disseminado no mundo inteiro. Geralmente ela é de venda e consumo ilegais, mas há casos de legalização da droga, como na Holanda. Outros países não criminalizam seu uso, ou seja, não põem na cadeia a pessoa que consome ou carrega pequenas quantidades para uso próprio. São coisas bem diferentes.

Se você acha que quem usa maconha não deveria ser processado legalmente, ser preso ou ter qualquer outra pena, está defendendo a descriminação (ou descriminalização) da droga.

Se você acha que a maconha deveria ser vendida em lojas ou bares, como o álcool e o cigarro de tabaco, está defendendo a legalização da droga.

E, evidentemente, você pode achar que está tudo bem como está,

AFP/Corbis

Plantação de maconha.

ou seja, você defende a proibição da droga em todos os sentidos, punindo não só o traficante, mas também o simples usuário, dependente ou ocasional.

Há muita coisa envolvida nessas posições que se refletem na legislação vigente de cada país. O que parece comum a todas é a punição ao narcotráfico e a tentativa de controlar o consumo e as consequências causadas pelas drogas.

Os que defendem a proibição argumentam, entre outras coisas, que legalizar ou descriminar o uso só aumentaria ainda mais o consumo. Afinal, as drogas mais utilizadas são legais: o álcool e o cigarro de tabaco.

Há também quem defenda que as leis sobre as drogas reduzam a penalização para o usuário, sejam duras com os traficantes e se adaptem à realidade de um mundo globalizado e com uma enorme variedade de drogas psicoativas.

Quem propõe a legalização ou a descriminação não aprova as drogas nem quer incrementar seu uso, muito pelo contrário. Apenas acredita que o proibicionismo não resolve o problema e quer buscar outras saídas.

Se as drogas fossem legalizadas (não só a maconha), não haveria necessidade do tráfico, o que reduziria a criminalidade. Além disso, possibilitaria ao governo receber os impostos pela venda de drogas e usar esse dinheiro até para prevenir ou cuidar das doenças por elas geradas. São alguns dos argumentos apresentados. Além disso, legalizar implicaria estabelecer controles sobre as condições de comercialização, preço e qualidade do produto, entre outras coisas.

O dependente de drogas é um

doente que precisa ser tratado e não encarcerado. Esse é um dos argumentos dos que defendem que o consumo de drogas não seja considerado crime. Traficar continuaria sendo crime; apenas usar, não. Como doar ou vender a outros é tráfico, só pequenas quantidades para uso próprio não seriam penalizadas. Cultivar a planta de forma caseira e consumi-la, por exemplo, seria aceito.

As políticas sobre drogas psicoativas em diversos países desenvolvidos vão na linha da descriminação do uso, da adoção de leis modernas e mais tolerantes ou de experiências práticas de evitar prisões. A isso se somam os eficientes projetos de redução de danos e a liberação do uso medicinal da maconha. Austrália, Portugal, Alemanha, Bélgica, Espanha e Inglaterra são exemplos dessas novas políticas. No Canadá e em alguns Estados americanos, certos usos medicinais são aceitos.

Vale a pena pensar sobre isso, com cuidado, compreendendo os motivos das diferentes opiniões. Tendemos a achar que, quanto mais rigorosa a punição, a lei, melhor o efeito sobre o que se quer evitar. Mas a verdade pode ser bem outra. As políticas proibicionistas têm falhado redondamente no controle da produção e do consumo de drogas. Daí a busca de novos caminhos.

HOLANDA LIBERA VENDA DE MACONHA NAS FARMÁCIAS

A maconha destinada ao combate à dor causada por doenças como câncer, AIDS ou esclerose é vendida na Holanda, sob receita médica, ao preço de US$ 41,20 (5 g). No entanto, só pode ser usada em chás ou em forma de *spray*, e em hipótese alguma "ser fumada".

Adaptado de: HOLANDA libera venda de maconha nas farmácias. *O Estado de S.Paulo*, São Paulo, 1 set. 2003. Cidades. Disponível em: http://internacional.estadao.com.br/noticias/geral,holanda-libera-venda-de-maconha-nas-farmacias,20030901p31752. Acesso em: 19 out. 2016.

Antonio Carlos Egypto

Loja em Amsterdam, Holanda, que vende legalmente maconha, haxixe e outros produtos do cânhamo.

COCAÍNA E CRACK

Pictor/Keystock

"Quem precisa, paga"

(*Dois jovens conversam. Tensão.*)

JOVEM 1 — E aí, pode me arrumar?

JOVEM 2 — Depende...

JOVEM 1 — Ô, cara, preciso da "pedra"...

JOVEM 2 — Quem precisa, paga.

JOVEM 1 — Eu sempre paguei, mas agora a grana tá ficando mais difícil.

JOVEM 2 — Nada é difícil pra quem quer.

JOVEM 1 — Segura essa!

JOVEM 2 — Tá me estranhando! Vai se virar! Grana a gente faz.

JOVEM 1 — Me passa as pedras, já sei como pagar.

(*Jovem 1 entrando em casa.*)

MÃE — Filho, o que aconteceu?

JOVEM 1 — Deixa pra lá...

MÃE — Você está descalço, o que foi ?

JOVEM 1 — Nada, mãe!

MÃE — Cadê seu tênis? Roubaram seu tênis!

JOVEM 1 — É...

MÃE — Que horror! Coitado do meu filho... Mas, de novo?! Outro dia roubaram sua jaqueta, hoje seu tênis novinho! Isso não pode continuar.

JOVEM 1 — Deixa quieto, mãe. Antes o tênis... (*Vai para o quarto.*)

MÃE — (*Para o filho caçula que chegou da rua:*) Paulo, meu filho, não aguento mais essa violência! Roubaram de novo seu irmão.

PAULO — O quê?

MÃE — Agora foi o tênis!

PAULO — Ele disse que foi roubado?

MÃE — Ele foi roubado! Veio da rua sem ele.

PAULO — Mãe, acorda, mãe!

MÃE — Eu não gosto quando você quer me ver contra seu irmão. Para com a desconfiança! Ele é seu irmão!

PAULO — Ele tá metido com gente desclassificada e...

MÃE — Não fala isso do seu irmão!

PAULO — Mãe, ele tá metido com droga!

MÃE — Chega! Seu irmão é um bom menino.

PAULO — Ah, é? E quem foi que sumiu com o dinheiro que juntei pra comprar meu som novo? Só pode ser ele! Nessa casa só moramos nós três...

MÃE — Você deve ter perdido, filho...

PAULO — Eu tô de saco cheio! Você tá sempre protegendo ele. Por enquanto, somem o tênis, a jaqueta e o meu dinheiro. Depois podem sumir seu computador, seu DVD...

MÃE — Cala a boca! Para com isso!

PAULO — Eu não paro! Amanhã ele vai estar na rua roubando carro, CD e som! Deixa de ser cega, mãe! Faça alguma coisa!

COCAÍNA E *CRACK*

Já ouviu falar da folha de coca, cultivada na Colômbia, no Peru e na Bolívia, que as populações habitantes das montanhas costumam mascar, para melhorar a disposição para caminhar e enfrentar o ar rarefeito das alturas? E do chá de folhas da coca, oferecido aos turistas que visitam Cuzco e Machu Pichu, no Peru, utilizado para atenuar os efeitos das alturas?

Pois é. Daquela prosaica folha da coca, que nunca fez mal a ninguém, conseguiram criar um produto estimulante, que dá grande prazer ao usuário e produz um desejo incontrolável de consumo (a "fissura"). É uma das drogas mais perigosas e terríveis de se livrar que já existiram. E que está fazendo estragos há muito tempo.

É da famosa folha de coca, muito concentrada, que se extrai a cocaína: um "pó" ou "farinha" para ser aspirado, ou dissolvido e injetado na veia. A cocaína, quando injetada na veia (o que muita gente faz), expõe o usuário a um risco

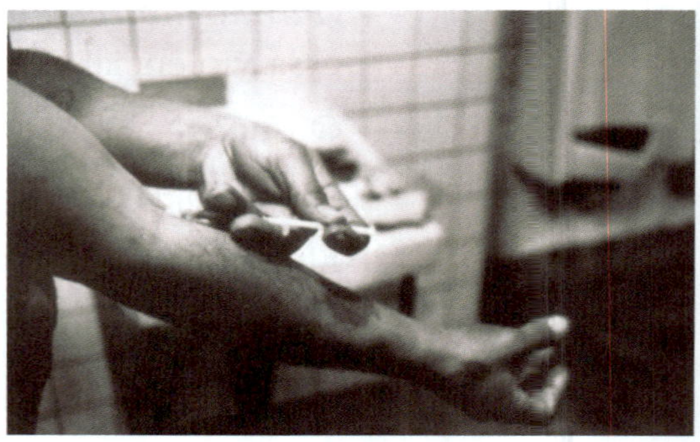

Stockphotos

National Library of medicine/SPL

UMA PAIXÃO QUE DUROU POUCO

Quem diria que Sigmund Freud (1856-1939), o pai da psicanálise, foi um adepto da cocaína. Ele provou a droga pela primeira vez aos 27 anos, no início de sua carreira médica, e se entusiasmou por aquele misterioso pó que fazia esquecer o cansaço. Passou a receitá-lo como remédio para diversos males, da depressão à cólica. Num texto de 1884, *Sobre a Coca*, escreveu: "É como se a necessidade de comida e sono, que se faz sentir em algumas horas do dia, simplesmente sumisse". Além de recomendar o pó à mãe e aos amigos, exaltou suas propriedades em cartas apaixonadas à sua noiva, Martha — algumas delas sob o efeito da cocaína, que bebia diluída em água e, às vezes, injetava. A empolgação desapareceu diante da morte de um amigo ao qual havia receitado 1 grama de pó por dia. Freud abandonou a coca em 1887, aos 31 anos, e nunca mais a elogiou. Fez o que pôde para que seus artigos sobre a droga fossem esquecidos da sua obra.

Adaptado de: BIONDI, Pedro. O pó da onipotência. *Superinteressante*, São Paulo, ed. 132A, set. 1998. Disponível em: <http://super.abril.com.br/saude/po-onipotencia-443862.shtml>. Acesso em: 10 out. 2012.

maior: a contaminação pelo HIV, o vírus da Aids.

Compartilhar agulhas e seringas contaminadas é um dos principais meios de transmissão da Aids no Brasil. Sabe como é, na falta de seringas e agulhas descartáveis ou esterilizadas, a "fissura" é tanta que vale tudo: usar em grupo e até pegar seringa no lixo. E aí já viu, né?

Mas como em matéria de drogas psicoativas há sempre coisa nova, apareceu o *crack*, derivado da cocaína, de efeito muito mais rápido e que precisa ser consumido com muito mais frequência também, e, por isso, potencializa os estragos que produz. Há ainda a "merla", que é fruto do refugo do processo de obtenção da cocaína, em forma de pasta. Tanto o *crack* como a "merla" são fumados. Produzem uma "fissura" muito grande e uma necessidade de renovar a droga (comprar sempre mais, já que o efeito passa rápido) que a pessoa acaba fazendo qualquer negócio para ter a droga, como na nossa cena: roubar o dinheiro do irmão, vender o tênis. A "fissura" pode levar a pessoa a romper com suas crenças e valores e ela começa a mentir, roubar coisas de casa, dos outros, até assaltar para obter dinheiro para comprar a droga.

Pesquisa da Organização Mundial da Saúde realizada em 19 países em 1995 indica que a grande maioria dos usuários de cocaína e seus derivados acredita que a droga não prejudica suas atividades nem faz mal à saúde. Acham que ela só traz benefícios, como euforia, maior capacidade e criatividade no trabalho. Parecem ignorar tanto as profundas depressões que se seguem ao uso continuado da droga, como o risco de *overdoses* fatais e a escravização que a dependência de cocaína produz, entre outras consequências. Veja só: a *overdose* de cocaína é a principal causa de infarto entre jovens de até 30 anos. É mole?

O poder destruidor da cocaína e do *crack* é imenso, desmoraliza e acaba com a vida da pessoa. Nem sexo interessa mais aos jovens dependentes. Não há prazer que valha isso! Chega uma hora em que o cara se toca, mas aí o estrago pode ter sido grande demais e é difícil de recuperar-se. Foi-se a saúde, o estudo, o trabalho, o relacionamento com os familiares e amigos. Momentaneamente, a fome também se vai, por isso o *crack* é tão atraente para as crianças e os jovens que vivem abandonados, com fome de pão, de amor ou de ambos (pobres e ricos, diga-se).

Vive-se a ilusão gostosa de um paraíso artificial, quando tudo — dentro e fora de nós — está na pior. Só que o prazer dura pouco, muito pouco. É preciso mais, mais e nunca é suficiente.

Encarar a vida de frente é a alternativa humana de viver: com medo e com coragem, com alegria e aventura, mesmo que muitas vezes nos sintamos inseguros, infelizes ou tristes. Para poder alcançar momentos de felicidade, compartilhar coisas boas com os outros, enfim, curtir esse tremendo barato que é viver!

Corbis/Stockphotos

Boliviano masca folha de coca.

ESTUDOS PARA VACINA CONTRA A DEPENDÊNCIA DE COCAÍNA

Desde 1996, o laboratório Immunologic Pharmacological Corporation, nos Estados Unidos, desenvolve estudos acerca da vacina contra a dependência de cocaína. Os efeitos da vacina no organismo são a formação de anticorpos que impedem a chegada da droga no cérebro e também a euforia que ela causa. Entretanto, as pesquisas apontam que, para um efeito duradouro dessa vacina, seria ideal mais do que uma aplicação para manter a produção de anticorpos no nível necessário ao combate da droga, pois a experiência mostrou que o resultado não durou mais do que dois meses.

Adaptado de: VACINA contra a cocaína só daqui a dez anos e para metade dos casos. *Jornal do Senado*. [20–?]. Disponível em: < www.senado.gov.br/NOTICIAS/JORNAL/EMDISCUSSAO/dependencia-quimica/tratamento-para-dependentes-quimicos/vacina-contra-cocaina-so-daqui-a-dez-anos-e-para-metade-dos-casos.aspx>. Acesso em: 10 out. 2012.

Ilustrações digitais de Alex Silva

O corpo sob efeito do *crack*

Crack é cocaína pura e muito potente

Como a droga age

Organismo se prepara para "atacar" e "defender"

- As drogas só "funcionam" porque o organismo tem um sistema que é ativado por elas
- O *crack* é uma droga simpatomimética. Quer dizer, é uma substância que imita (mimetiza) os estímulos que fazem funcionar o sistema nervoso simpático
- Normalmente o sistema simpático é ativado em situações que requerem grande esforço físico e mental (situações de perigo, por exemplo) ou por estímulos sexuais
- A droga faz o corpo " imitar " artificialmente essa situação
- As pupilas dilatam para aumentar a percepção
- Aumenta o suor, para esfriar o corpo
- A percepção fica mais aguda para os estímulos que provocaram a prontidão
- Os vasos sanguíneos que irrigam músculos e cérebro levam mais sangue. Os que vão para o sistema digestivo levam menos sangue
- Aumenta o ritmo da respiração
- O coração bate mais rapidamente

Os efeitos psicológicos

Depois de fumado, *o crack* começa a fazer efeito em cerca de

10 segundos

- O usuário da droga fica eufórico, otimista, excitado
- Como não houve estímulo normal para o organismo ficar nesse estado, o usuário é movido a procurar um "motivo" para sua excitação. Qualquer gesto ou comentário pode provocar raiva, medo ou excitação sexual

Depois de

15 minutos

Cessa o efeito de uma dose da droga

- O usuário passa a ter uma imagem extremamente negativa de si mesmo
- Pode ocorrer pânico e medo de ser descoberto, de perder seu estoque de droga ou de dinheiro para comprar mais *crack*, o que pode gerar agressividade e violência

Cocaína cheirada faz efeito em

10 minutos

- E seu efeito dura cerca de uma hora

Cocaína injetada faz efeito em pelo menos

3 minutos

- Seu efeito dura de 30 a 45 minutos

Depois de no máximo

48 horas

- Advém a depressão. O usuário fica passivo, não vê "graça" em nada e começa a procurar mais droga para aliviar o "*down*"

O consumo regular pode levar à dependência e ao uso diário em cerca de

3 meses

Delírios

- O dependente da droga começa a ter sentimentos de perseguição e pode tornar-se paranoico
- O usuário contumaz pode ter ilusões, ligadas à paranoia. "O mundo quer me pegar"."A eletricidade da tomada quer me pegar e vai escapar da parede"

"Fissura"

- O desejo angustiado por mais droga provoca gestos característicos: o usuário procura desesperadamente restos de droga pelo chão, muitas vezes de joelhos
- O usuário torna-se incapaz de se concentrar, perde o sentimento de responsabilidade. Mente, rouba e trai para obter a droga

Os efeitos físicos

Problemas respiratórios

- o usuário fica mais suscetível a infecções do sistema respiratório
- o nariz sangra

Perda de peso e problemas com a visão

- O dependente da droga não consegue focar os olhos e vê "estrelas"

Dificuldade de dormir

- Fadiga contínua, dores musculares

Adaptado de: O AMBIENTE da droga. *Folha de S.Paulo*, São Paulo, 1 set. 1996. Mais!, caderno 5, p. 14.

DROGAS SINTÉTICAS

Age/Keystock

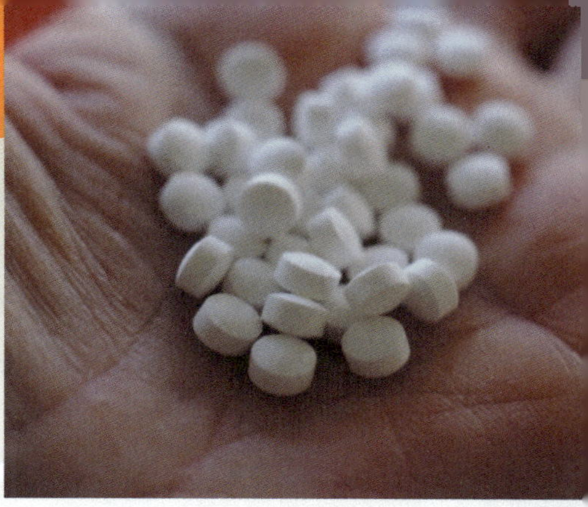

"Tá delirando!"

(*Grupo jovem conversa.*)

RONI — Ô cara, aquela festa foi demais!

PACO — Muita loucura.

RICK — Eu peguei pesado. No dia seguinte caí numa deprê... Tive uma crise de choro e fiquei esquisito. Senti muito medo.

RONI — Você é fraco! Eu fiquei "a mil". Um comprimidinho de nada e dancei, aprontei todas sem parar. Varei até as 10 horas da manhã, na maior!

TONI — Roni, as drogas sintéticas não são apenas "um comprimidinho". Elas são superpotentes, feitas na medida pra enlouquecer.

RONI — Você quer dizer feitas "sem medida", né? (*Dá risada.*) Pois é assim que eu gosto! Vocês estão ficando muito caretas.

PACO — Eu não, cara. Eu tô sempre a fim de uma "viagem".

RICK — É isso aí. Não vem "tirando" a gente, não. A diferença é que você pega pesado demais, extrapola todas.

RONI — Vocês são uns medrosos. O negócio de vocês é ser vegetariano. (*Ri.*) Fumar uma ervinha... Ou então usar outros bagulhos tradicionais. Sabia que pode chegar uma hora que só vai existir droga sintética?

TONI — E pode acontecer isso mesmo.

PACO — Tá delirando! Imagina se algum dia vai deixar de existir coca, maconha...

TONI — Eu li outro dia que estão "pegando pesado". Existe uma política pra acabar de vez com as plantações de maconha, coca e papoula e como a maior parte das drogas usadas hoje depende da colheita...

RICK — Essas drogas vão ficar cada vez mais difíceis de achar. E mais caras. Não é isso?

TONI — É. E como ninguém vai deixar de usar drogas por causa disso, vão aparecer novas drogas fabricadas em laboratórios.

RONI — Olha aí, o cara entende... Vai dar pra fabricar droga sintética em laboratório pequeno, de fundo de quintal. O *ice*, que antes era quase que só usado nos Estados Unidos e na Europa, já é consumido no Brasil.

RICK — Eu sei, é metanfetamina. Destrói o cara rápido.

RONI — E então, Paco, qual vai ser a droga do futuro? Hein?

PACO — (*Rindo.*) Que piração, quem falou isso? Vocês estão alucinando...

DROGAS SINTÉTICAS

É. Nossos personagens parecem "saber das coisas". Podem ser pirados, mas não são bobos, não.

De fato, as drogas psicoativas sempre existiram e vão continuar existindo. E se reciclando. O que parece que está acontecendo é que cada vez mais elas se tornam sintéticas, produzidas em laboratório. E aí as combinações são quase infinitas. Quando uma droga está sendo proibida, outra nova já está sendo criada, às vezes uma pequena variação de uma já existente, com nome novo.

Drogas sintéticas são produzidas e comercializadas de acordo com as características do mercado consumidor. O *ecstasy* se destina às festas *rave*, embaladas pela música eletrônica. O LSD (ácido lisérgico) turbinado com anfetaminas visa ao embalo psicodélico da atualidade. O *ice* é a droga dos que passam horas e horas diante do computador, jogando *videogame* ou navegando na internet. E por aí vai. O mercado exige e o produtor atende. Ou é o tráfico que impõe novas necessidades e uma droga para cada atividade?

ECSTASY NO ORGANISMO E POR QUE A DROGA É CONSUMIDA

O metilo-dioxi-metanfetamina, ou MDMA, mais conhecido como *ecstasy*, é procurado por frequentadores de baladas para aumentar o nível de serotonina no cérebro, uma substância neurotransmissora que proporciona bem-estar. Os efeitos da droga são: retenção de líquidos e sede, que pode levar a um edema cerebral, alteração dos sentidos, sensibilidade no tato e na audição, saciedade e tensão nos maxilares, que pode acarretar bruxismo ou mesmo a quebra dos dentes durante a mastigação. Causa também taquicardia e falência do fígado.

A psicóloga Stella Pereira entrevistou 108 usuários de MDMA. Segundo os entrevistados, as razões para consumir a droga foram:

- dançar (82,7%);
- relaxar (53,8%);
- estimular os sentidos (44,2%);
- sentir-me mais feliz (38,5%);
- sentir-me melhor com os outros (25%);
- fugir da realidade ou de problemas (23,1%);
- transar (19,2%);
- estimular a criatividade (17,3%);
- desinibir (9,6%).

Adaptado de: COLAVITTI, Fernanda. A nova explosão do Ecstasy. *Galileu*, São Paulo, ed. 198, jan. 1998. Disponível em: <http://revistagalileu.globo.com/Revista/Galileu/0,,EDG80795-7943-198-1,00-A+NOVA+EXPLOSAO+DO+ECSTASY.html>. Acesso em: 10 out. 2012.

	ICE	*ECSTASY*	ÁCIDO LISÉRGICO (LSD)
COMO AGE	Fumada, ingerida ou injetada, a droga estimula o sistema nervoso central. Faz com que o cérebro seja inundado por dopamina e serotonina	Comercializado em comprimidos e conhecido como a droga do amor ou simplesmente "E", mistura o estimulante anfetamina com um alucinógeno	Consumido em pastilhas, cai no sangue depois de ser absorvido pelo estômago e chega ao sistema nervoso central
EFEITO	Provoca excitação, aumento de energia, constante estado de alerta e sensação de prazer. Seus efeitos podem durar até doze horas	Produz excitação e favorece distorções de imagem e de som sob luzes estroboscópicas e batida contínua de música eletrônica. Dura até doze horas	Causa alucinações e distorção das imagens e aumenta a sensibilidade tátil e auditiva. Pode durar de algumas horas a um dia
FINALIDADE	Vem sendo usado por pessoas que passam horas e mais horas diante do computador, jogando *videogame* ou navegando na internet	É consumido sobretudo pelos frequentadores das chamadas *raves* — megafestas que reúnem milhares de pessoas ao som de música eletrônica	Nos anos 1960, era consumido por *hippies* que queriam "abrir as portas do inconsciente". Também foi usado em experiências da Nasa
RISCO	Depressão, convulsões, degeneração das células cerebrais, aumento da pressão sanguínea e parada cardíaca	Dependência, taquicardia, desidratação, elevação da temperatura corporal e depressão	Taquicardia, surtos psicóticos, degeneração das células cerebrais e convulsões

Fonte: GALHARDO, Ricardo; PELES, Cristina, A viagem virtual. *Veja*, São Paulo, ano 33, n. 40, ed. 1669, p. 96-97, 4 out. 2000.

Tony Stone

PERFIL DO CONSUMIDOR DE DROGAS SINTÉTICAS

Assim como o movimento *hippie* influenciou o uso de LSD e heroína, na última década o que se apresenta é a cultura das festas com música eletrônica, cujos frequentadores se sentem estimulados a procurar por drogas sintéticas como o *ecstasy*. Os usuários e traficantes desse tipo de droga geralmente são jovens, com boa instrução, posição social privilegiada e estão inseridos no mercado de trabalho.

Adaptado de: DI FRANCO, Carlos Alberto. A ameaça das drogas sintéticas. *O Estado de S.Paulo*, São Paulo, 21 fev. 2011. Disponível em: http://opiniao.estadao.com.br/noticias/geral,a-ameaca-das-drogas-sinteticas-imp-,682297. Acesso em: 19 out. 2016.

A tecnologia das drogas anda a todo vapor neste nosso mundo agitado e globalizado. Ninguém mais quer perder tempo, e as "soluções" têm que ser cada vez mais rápidas e possantes. Nesse ritmo, vamos nos destruir assim como destruímos nosso meio ambiente.

A solução também não está nos produtos naturais. A maconha, a cocaína e a heroína são derivadas de plantas. Cobra-cascavel, aranha-caranguejeira e barata também são coisas da natureza... A tecnologia torna as plantas mais concentradas em determinadas substâncias, mais fortes, mais tóxicas. O cigarro de tabaco que se fuma hoje é muito diferente do que se fumava há vinte anos. O *skank* é uma maconha com maior teor de THC. A evolução é constante.

Acabar com as plantações não só é

Tek Image/SPL

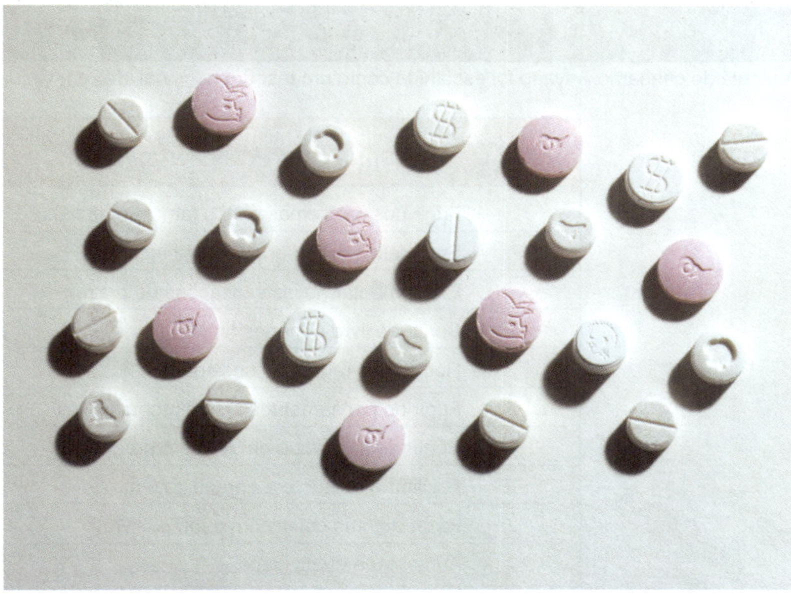

Comprimidos de *ecstasy*

impossível como também não é justo. Culturas milenares produziram hábitos que têm todo o direito de continuar existindo, de ser preservados. Além de úteis, são tradições culturais que não causavam mal a ninguém e elas não podem ser culpadas pelos abusos contemporâneos.

Se nosso futuro é incerto, não será destruindo tradições que podemos torná-lo melhor. Muito ao contrário. Temos muito a aprender com a história da humanidade para enriquecer nossas experiências.

Jack Fields/Corbis

A tecelã de cânhamo Anyano foi escolhida como um tesouro nacional vivo em Chiba, Japão.

AS PRINCIPAIS RAZÕES PARA O CONSUMO DE DROGAS PELOS ESTUDANTES
Fugir dos problemas com a família e os pais
Ser aceito por um grupo de amigos
Experimentar novas sensações de prazer
Sentir-se livre e menos tímido
Romper as regras da sociedade
Fugir de pensamentos e sentimentos ruins
Sentir-se à vontade em festas e programas
Facilitar o estudo e a aprendizagem
Fazer alguma coisa com o tempo livre
Aumentar a criatividade

Adaptado de: LOMBARDI, Renato. ONU: Tráfico emprega 20 mil "aviões" no Brasil. *O Estado de S.Paulo*, São Paulo, 2 fev. 2004. Cidades, caderno C, p. C1.

DROGAS E AIDS

Imagebank

"Acabam sempre em drogas e sexo"

(*Casal conversa.*)

ELE — Já vai começar de novo com esse papo?

ELA — De uma vez por todas presta atenção, eu estou cansada das suas festas de embalo. Acabam sempre em drogas e sexo.

ELE — Deixa de ser chata, eu quero me divertir.

ELA — Pois existem outros jeitos de se divertir, você é que não consegue mais perceber.

ELE — Olha aqui, vamos direto ao assunto, você tem medo da Aids, não é? Você sabe que eu não uso droga injetável, eu não me "pico".

ELA — Aquele nosso amigo também não usava seringas, mas "pegou" Aids transando.

ELE — Eu sei lá o que aconteceu! Vai ver ele não usava sempre a camisinha.

ELA — Tá vendo? Não é só se "picando" que se pega Aids. O problema é a inconsciência, o descontrole. Quem está consumindo droga perde a noção do perigo e não se protege na hora do sexo.

ELE — Você fala como se eu fosse um idiota! Eu sei o que estou fazendo.

ELA — Como? Você fica alucinando, "viajando", perde o controle e dança. Todo estado alterado de consciência dificulta a prevenção!

ELE — Comigo não, eu sei o que faço. O problema é de quem não se cuida. Isso é problema deles.

ELA — Não, não é problema deles. É um problema nosso!

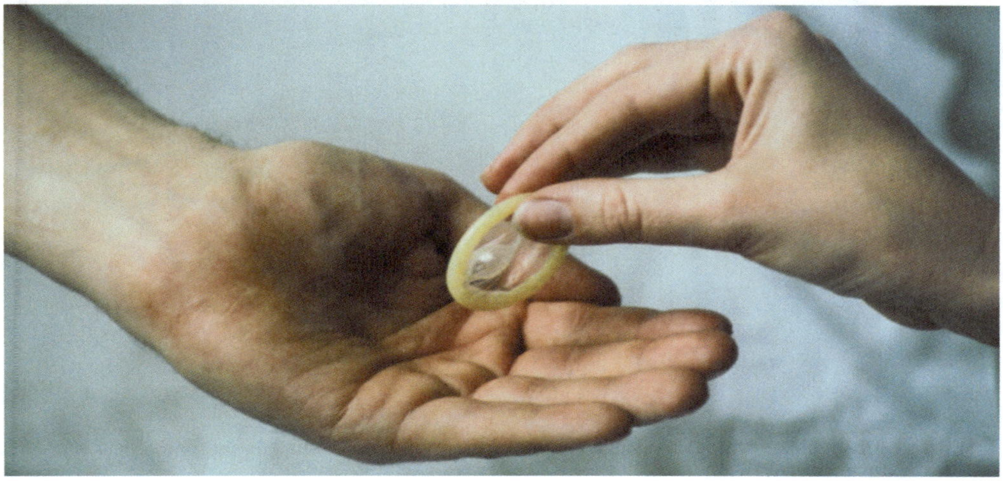

Tony Stone

DROGAS E AIDS

Quem usa drogas psicoativas, capazes de produzir alterações na percepção e no comportamento, coloca-se em situação de vulnerabilidade em relação à infecção pelo HIV. E não é preciso usar droga todo dia, ser dependente, para correr riscos. Uma vez pode ser o suficiente, não adianta se enganar.

O maior risco para a epidemia da Aids é o uso de drogas injetáveis, quando se compartilham seringas e agulhas. Por quê? Usar as mesmas seringas e agulhas para compartilhar a droga significa misturar sangue. Sempre se puxa um pouco de sangue no êmbolo da seringa antes de "se picar", para saber se se conseguiu pegar a veia. Vai daí que o último da roda a se injetar droga toma junto um coquetel de sangue dos demais. Se um deles estiver infectado, já viu, né, contaminação na certa. Afinal é o vírus injetado diretamente no sangue.

E por que as pessoas "se picam"? Para potencializar efeitos e para atender à tolerância já criada pelo indivíduo dependente. E até para compensar impurezas presentes nas drogas, comercializadas ilegalmente, cujo efeito seria insatisfatório utilizando outra via de assimilação. Algumas drogas são convidativas para o uso endovenoso, como é o caso da cocaína e da heroína.

Usuários de drogas na forma injetável estão sujeitos a altos riscos no que diz respeito às doenças sexualmente transmissíveis e a Aids. O potencial de apelo que o compartilhar de agulhas e seringas pode apresentar em momentos de "fissura" e na falta de seringas descartáveis ou esterilizadas é enorme. Poucos minutos de espera são tolerados quando a necessidade aperta e o desprazer se instala, mesmo num usuário consciente e bem informado dos riscos. E na primeira "picada" compartilhada já pode haver contaminação, não esqueça.

Michael Paras/AGE

Quem se lembra da camisinha nas relações sexuais, com o estado de consciência alterado pelo uso de drogas psicoativas?

Dida Sampaio/AE

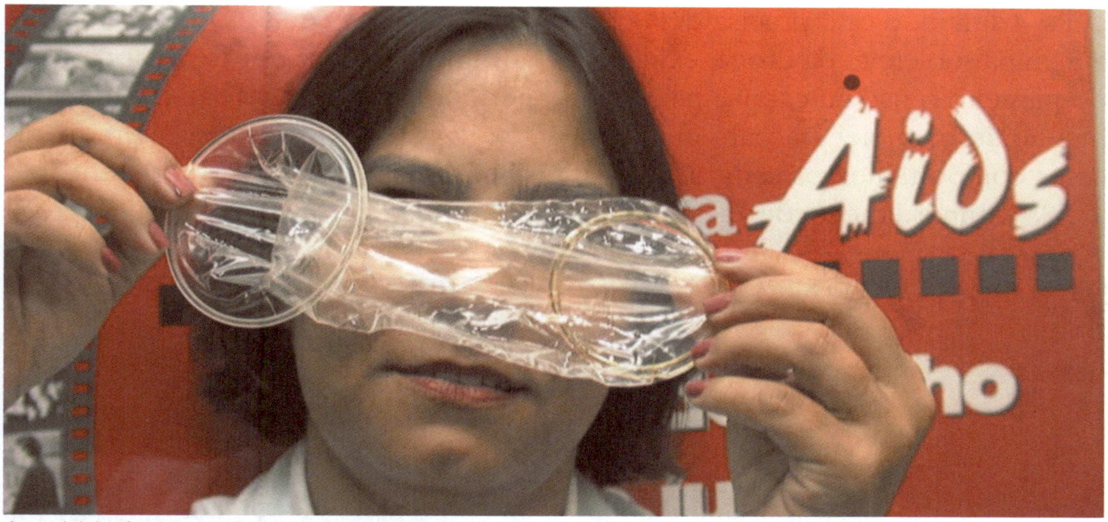

A camisinha feminina, além de anticoncepcional, é excelente alternativa para a prevenção das doenças sexualmente transmissíveis, inclusive Aids.

Não surpreende que tanta gente tenha se contaminado, no Brasil e no mundo, por meio de agulhas e seringas no uso de drogas. Os números são de assustar. Mas não é só se picando que se pode pegar uma DST ou Aids. Ingerir, fumar ou cheirar substâncias que produzem alterações no sistema nervoso central, estimulando, deprimindo ou perturbando seu funcionamento, podem produzir comportamentos que dificultam a prevenção nas relações sexuais. Quem se lembra da camisinha quando está com seu estado de consciência alterado? Já imaginou um cara "bêbado", "viajando", "chapado" ou "agitadão" pondo camisinha? Lembrando que precisa

Folha Imagem

Projetos que atuam na redução dos danos causados pelas drogas são aplicados em várias partes do mundo, inclusive no Brasil. A troca de seringas para usuários de drogas injetáveis tem contribuído para uma redução significativa da contaminação pelo HIV.

dela? Admitindo que precisa dela? Ou a menina sob efeito da droga, exigindo do parceiro o uso da camisinha, argumentando com ele? Dá para imaginar esses comportamentos sem lucidez?

Concordando com a personagem da nossa cena: "Quem está consumindo droga perde a noção do perigo e não se protege na hora do sexo" ou "Todo estado alterado de consciência dificulta a prevenção". É isso aí!

Philip James Corwin/Corbis

NARCOTRÁFICO

Jean-Pierre Lescourret/Corbis

"Tem gente graúda metida nisso"

(*Alunos conversando.*)

JOVEM 1 — Narco... como é mesmo?

JOVEM 2 — Narcotráfico.

JOVEM 3 — É tráfico de narcóticos.

JOVEM 1 — Hã... o que é narcótico?

JOVEM 3 — Droga! Narcóticos significam drogas.

JOVEM 2 — É isso aí, cara, tráfico de drogas.

JOVEM 1 — Todos os dias no noticiário estão falando disso...

JOVEM 2 — Parece que estão descobrindo muitas conexões da rede de narcotráfico...

JOVEM 1 — É mesmo?

JOVEM 2 — Bem, o que dá pra ser falado, o que pode vir a público, né?

JOVEM 3 — (*Dirige-se ao jovem 1:*) Olha, cara, tem gente graúda metida nisso. Tem delegados, policiais, deputados, senadores, juízes e até ministros!

JOVEM 1 — Caramba! É gente da pesada!

JOVEM 3 — Essa gente tem poder e enche os bolsos com os narcodólares.

JOVEM 1 — E eles usam drogas?

JOVEM 2 — Claro que não! Eles ganham muito dinheiro com quem usa. Quanto mais gente consumir drogas, mais grana eles vão ganhar.

JOVEM 1 — Tem gente que consome e que ainda acha careta quem não quer usar...

JOVEM 3 — Está certa a professora que disse que quem entra nessa pode se transformar num fantoche, numa marionete, sabe aqueles bonequinhos que são manipulados?

JOVEM 1 — É, eu sei... Mas, se as pessoas sabem de todas essas coisas, não tem um jeito de acabar com isso?

JOVEM 2 — Você acha que é fácil? A rede do narcotráfico tem ramificações em vários países, com gente poderosa e de muito dinheiro encabeçando e com uma superestrutura por trás. Tem muita gente de rabo preso.

JOVEM 3 — Só vai pra cadeia gente que trafica nos morros ou então peixe miúdo. E eles

CONHEÇA A UNODC

A United Nations Office on Drugs and Crime – UNODC é uma agência que faz parte da Organização das Nações Unidas – ONU, cuja função é apoiar os países na execução de convenções sobre drogas e crime. Essa agência trabalha para que as decisões tomadas nessas convenções sejam implementadas de forma correta e também auxilia na parte de prevenção e assistência, por meio de pesquisas e estratégias para combater o tráfico de drogas em todo o mundo.

Adaptado de: UNITED NATIONS OFFICE ON DRUGS AND CRIME. *O UNODC e a resposta às drogas*. Disponível em: https://www.unodc.org/lpo-brazil/pt/drogas/index.html. Acesso em: 19 out. 2016.

recebem cobertura nos presídios, vão comandando o tráfico de lá mesmo. Os poderosos é que dão cobertura.

JOVEM 1 — Ô louco!

JOVEM 2 — O negócio é o seguinte: o narcotráfico é uma das atividades econômicas mais lucrativas do planeta. Parece que só perde pra indústria de armas.

JOVEM 1 — Pô! Será que as pessoas sabem de tudo isso?

JOVEM 2 — Você sabia?

JOVEM 1 — De tudo isso, não! Pô, mas então quem usa droga tá dando força pra que isso tudo continue...

NARCOTRÁFICO

Quando alguém deseja comprar uma droga legalizada, como a bebida alcoólica e o cigarro de tabaco, basta ir ao bar, mercearia ou supermercado mais próximo. Os comerciantes que vendem essas drogas obtêm seu lucro da diferença entre o que pagam às fábricas que as produzem, os impostos pagos ao governo e os custos para manter seu estabelecimento aberto e o que recebem pelo produto. Como eles geralmente não podem vender a mercadoria pelo preço que quiserem, já que há restrições por lei, muitas vezes seu lucro é limitado pelo próprio governo ou pela concorrência, que pode vender mais barato e atrair consumidores, desde que o preço não esteja tabelado.

E o que acontece quando a droga é ilegal? E sua produção, distribuição e venda são consideradas crime, como é o caso da maconha ou da cocaína?

Quando muita gente quer consumir alguma coisa, alguém tem que produzir, distribuir, vender. Se não é permitido por lei, isso se fará de forma clandestina. Gente disposta a correr todos os riscos para trabalhar no negócio é o que mais tem, em tempos de desemprego, miséria e falta de esperança. E não tem controle de preço nem de qualidade do produto. Para garantir o negócio é preciso ter gente enfrentando ou subornando a polícia, armamentos, gente que "não dá mole" para os consumidores que não pagarem. Paga-se às vezes com a própria vida ou a de familiares. Tudo se resolve longe da lei e dos tribunais. Terreno fértil para disputas de espaço a bala, assassinatos, chantagem... *Business is business*. Negócio ilegal vira coisa marginal, é claro.

Stockphotos

O negócio ultrapassa o bairro, a cidade, o país. O comércio ilegal da droga está globalizado no mundo, como tudo o mais.

Isso chegou a tal ponto que hoje o narcotráfico, em escala planetária, é um dos negócios mais lucrativos que existem. Equipara-se ao petróleo, às grandes empresas de comunicação e à indústria de armamentos.

O narcotráfico tem dinheiro a rodo, que circula e é "lavado" em todo o mundo. Elege e corrompe governos em muitos países, tem muita força e muito poder. E gente muito importante em todos os cantos do globo.

Sua força maior vem do enorme mercado consumidor de drogas psicoativas ilícitas em todo o mundo. Cada vez que alguém acende um baseado (cigarro de maconha), cheira uma carreira (de cocaína) ou fuma uma

Corbis/Stockphotos

Evo Morales, empossado presidente da Bolívia em 2006, fala ao telefone durante protesto contra a erradicação do cultivo da coca, em 22 de setembro de 2000.

pedra (de *crack*) está contribuindo, com sua parcela pessoal, para manter e alimentar o narcotráfico, cada vez maior e mais poderoso.

Já houve tempo, lá pelos anos 1960, que os jovens procuravam na droga uma forma de contestar o mundo dos adultos, das guerras, da competição desenfreada do capitalismo. Os *hippies* queriam *paz e amor*, com *sexo*, *drogas* e *rock and roll*. Drogar-se, hoje, tem um sentido muito diferente: serve para alimentar o poder de fogo do narcotráfico.

AFP/Corbis

Oficial colombiano faz guarda enquanto o fogo destrói um laboratório de cocaína em Catatumbo, nordeste de Bogotá, em 11 de maio de 2000.

PARAGUAI FORTALECE A LUTA CONTRA O TRÁFICO DE DROGAS

Em 2010, a UNODC propôs ao governo do Paraguai um programa de aconselhamento e assistência contra o crime organizado e o tráfico de drogas na região. O "Programa Nacional Integrado 2011-2014" propõe cooperação entre países para combater questões como a corrupção e o tráfico de drogas. A primeira reunião aconteceu no início de 2012 para definir o intuito desse auxílio entre países. O resultado foi a análise de modos de fortalecimento das instituições.

Adaptado de: UNITED NATIONS OFFICE ON DRUGS AND CRIME. *UNODC e Paraguai assinam Programa Nacional Integrado de quatro anos para combater o crime organizado*. 20 out. 2011. Disponível em: https://www.unodc.org/lpo-brazil/pt/frontpage/2011/10/20-unodc-and-paraguay-launch-a-four-years-national-integrated-country-programme-to-tackle-organized-crime.html. Acesso em: 19 out. 2016.

O Que Ler, Ver, Ouvir, Visitar e por onde Navegar...

Livros

ACSELRAD, Gilberta (Org.). *Avessos do prazer*: Drogas, Aids e Direitos Humanos. São Paulo: Fiocruz, 2000.

AQUINO, Júlio Groppa (Org.). *Drogas na escola* — Alternativas teóricas e práticas. São Paulo: Summus Editorial, 1998.

ARATANGY, Lídia Rosenberg. *Doces venenos*: conversas e desconversas sobre drogas. São Paulo: Olho D'água, 1991.

ARBEX JR., José. *Narcotráfico*: um jogo de poder nas Américas. São Paulo: Moderna, 1993.

BAPTISTA, Marcos; INEM, Clara (Orgs.). *Toxicomanias*: abordagem multidisciplinar. Rio de Janeiro: NEPAD/UERJ, Sette Letras, 1997.

CARRASCO, Walcyr. *Vida de droga*. São Paulo: Ática, 1999.

CEBRID. *Folhetos informativos*. São Paulo: Unifesp, 1999.

COTRIM, Beatriz Carlini. *Drogas*: mitos e verdades. São Paulo: Ática, 1999.

ESCOHOTADO, Antonio. *O livro das drogas*: usos e abusos, desafios e preconceitos. São Paulo: Dynamus Editorial, 1997.

FLACH, Luiz Matias. *Drogas, sejamos razoáveis*: uma conversa franca com um especialista liberal. São Paulo: Bezerra, 1999.

GALDURÓZ, José Carlos; NOTO, Ana Regina; CARLINI, Elisaldo. *IV Levantamento sobre o uso de drogas entre estudantes de 1º e 2º graus em dez capitais brasileiras*. São Paulo: Universidade Federal de São Paulo — Escola Paulista de Medicina — Departamento de Psicobiologia — Cebrid — Centro Brasileiro de Informações sobre Drogas Psicotrópicas, 1997.

LARANJEIRA, Ronaldo. *Drogas*: Maconha, cocaína e crack. São Paulo: Contexto, 1998.

______; PINSKY, Ilana. *O alcoolismo*. São Paulo: Contexto, 1997.

MAGALHÃES, Mário. *O narcotráfico*. São Paulo: Publifolha, 2000.

MARLATT, G. Alan. *Redução de danos* — Estratégias práticas para lidar com comportamentos de alto risco. Porto Alegre: Artmed, 1999.

MASUR, Jandira; CARLINI, Elisaldo. *Drogas*: subsídios para uma discussão. São Paulo: Brasiliense, 1993.

MESQUITA, Fábio (Org.). *Drogas e Aids*: estratégias de redução de danos. São Paulo: Hucitec, 1994.

OLIVIESTEIN, Claude. *A droga*: drogas e toxicômanos. São Paulo: Brasiliense, 1988.

RIBEIRO, Maurides de Melo (Org.). *Drogas*: a hegemonia do cinismo. São Paulo: Memorial, 1997.

SILVA, Myltainho Severiano da. *Se liga! O livro das drogas* — O que pais e filhos, mestres e alunos devem saber antes de aprovar ou condenar. Rio de Janeiro: Record, 1998.

SILVEIRA FILHO, Dartiu Xavier da. *Drogas*: uma compreensão psicodinâmica das farmacodependências. São Paulo: Casa do Psicólogo, 1995.

______; GORGULHO, Mônica (Orgs.). *Dependência*: compreensão e assistência às toxicomanias (uma experiência do Proad). São Paulo: Casa do Psicólogo, 1996.

VARELA, Dráuzio. *Estação Carandiru*. São Paulo: Companhia das Letras, 1995.

WEINTRAUB, Mauro. *Sexualidade e drogas*. São Paulo: Siciliano, 1995.

Filmes

A ÁRVORE DO PICO (*L'Arbero delle Pere*), Itália, 1998. Direção de Francesca Archibugi. Com Valéria Golino, Sérgio Rubini, Stefano Dionisi e Francesca Di Giovanni. 90 minutos. Livre.

A luta de um garoto de 14 anos para proteger sua família, especialmente sua irmã de 4 anos, quando descobre que sua mãe é dependente de drogas e que não pode contar com os adultos.

À SOMBRA DO VULCÃO (*Under the Volcano*), EUA, 1984. Direção de John Huston. Com Albert Finney, Jacqueline Bisset, Anthony Andrews e Katy Jurado. 109 minutos. 16 anos.

Diplomata inglês no México vive processo autodestrutivo, mergulhado no alcoolismo. O filme do grande cineasta Huston tem uma atmosfera sombria e carregada, que enfatiza as características do personagem central.

O BARATO DE GRACE (*Saving Grace*), Inglaterra, 2002. Direção de Nigel Cole. Com Brenda Blethyn, Craig Ferguson, Martin Clunes e Tcheky Karyo. 94 minutos. 16 anos.

Boa comédia, em que uma dama inglesa endividada, exímia em jardinagem, descobre que sua habilidade aplicada às plantas de maconha poderia ser a solução de seus graves problemas financeiros. Mas como produzir em quantidade e vender tal produto sem chamar a atenção da polícia e da comunidade?

BICHO DE 7 CABEÇAS, Brasil, 2000. Direção de Laís Bodanzky. Com Rodrigo Santoro, Othon Bastos, Cássia Kiss, Gero Camilo e Altair Lima. 88 minutos. 14 anos.

Um pai descobre que seu filho adolescente anda usando maconha. A "solução" que encontra é interná-lo num hospital psiquiátrico. Começa aí a tragédia humana do jovem, o abandono, a violência da ausência de voz, dos eletrochoques, das solitárias e da perda de identidade. Um filme perturbador e envolvente que denuncia o inferno dos manicômios.

CANDY (*Candy*), Austrália, 2006. Direção de Neil Armfield. Com Heath Ledger, Abbie Cornish, Geoffrey Rush e Noni Haziehurst. 108 minutos. 18 anos.

Uma pintora e um poeta, dependentes de heroína, acreditam que a felicidade não tem limites, mas como sobreviver e sustentar a droga? Um caminho é a prostituição de Candy.

CIDADE DE DEUS, Brasil, 2002. Direção de Fernando Meirelles. Com Matheus Nachtergaele, Alexandre Rodrigues, Leandro Firmino da Hora e Phellipe Haagensen. 130 minutos. 16 anos.

Filme de imagens impactantes, que revela o funcionamento do narcotráfico, a guerra na disputa por mercado entre facções de traficantes e as relações com a polícia na Cidade de Deus, no Rio de Janeiro, entre os anos 1960 e 1980. Os personagens principais desta história são crianças e adolescentes de armas na mão e um fotógrafo que se descola desta violência, registrando-a.

DESPEDIDA EM LAS VEGAS (*Leaving Las Vegas*), EUA, 1996. Direção de Mike Figgis. Com Nicolas Cage, Elisabeth Sue e Julian Sands. 110 minutos. 16 anos.

A decadência de um roteirista em Hollywood, dominado pelo alcoolismo, suas relações com uma prostituta e o jogo.

DIÁRIO DE UM ADOLESCENTE (*The Basketball Diaries*), EUA, 1995. Direção de Scott Kalvert. Com Leonardo Di Caprio, Lorraine Branco, Bruno Kirby e Ernie Hudson. 101 minutos. 16 anos.

Filme baseado no relato do escritor Jim Carroll, dependente de heroína que conseguiu superar o problema, mas perdeu seu futuro como jogador de basquete. As perdas, agruras e sofrimentos do personagem em todo o processo de dependência, a luta para sair dela e as recaídas são mostrados de forma quase didática.

DRUGSTORE COWBOY (*Drugstore Cowboy*), EUA, 1989. Direção de Gus Van Sant. Com Matt Dillon, Kelly Lynch, James Remar e William Burroughs. 100 minutos. 16 anos.

Grupo assalta farmácias e hospitais em busca de medicamentos psicotrópicos. Aborda-se o perfil dos personagens, seus relacionamentos, problemas e sua vida em torno das drogas. O tratamento de dependentes também aparece no filme, que tem belas e intrigantes cenas.

Bettman/Corbis

Matt Dillon no papel de Bob.

FARRAPO HUMANO (*The Lost Weekend*), EUA, 1945. Direção de Billy Wilder. Com Ray Milland, Jane Wyman, Howard da Silva e Philip Terry. 101 minutos. 16 anos.

Premiado clássico em preto e branco de um dos grandes mestres do cinema. Um dos melhores filmes sobre alcoolismo da história do cinema. Permanece atual, passados mais de sessenta anos de sua realização.

O INFORMANTE (*The Insider*), EUA, 1999. Direção de Michael Mann. Com Russel Crowe e Al Pacino. 157 minutos. 14 anos.

A indústria do tabaco faz de tudo para impedir que se comprove que o cigarro traz dependência e faz mal à saúde. Denúncias, complô, batalha judicial, conflitos na mídia, riscos pessoais e familiares fazem parte da luta de um executivo para provar o que hoje todos sabemos.

OS INTOCÁVEIS (*The Untouchables*), EUA, 1987. Direção de Brian De Palma. Com Kevin Costner, Sean Connery, Andy Garcia e Robert De Niro. 119 minutos. 14 anos.

Filme de *gangsters*, com muita violência, no confronto entre policiais e bandidos, em Chicago, na época da lei seca. Eliot Ness *versus* Al Capone, num espetáculo forte, intenso e visualmente muito bem concebido.

LIDANDO COM O DEMÔNIO (*Dealing With the Demon*), Austrália, 1996. Série escrita e produzida por Chris Hilton. Direção de Chris Hilton e David Roberts — três documentários de 55 minutos cada um. 16 anos.

Os documentários "A Aliança Maldita", "A Globalização da Heroína" e "Contendo os Efeitos" abordam aspectos históricos, políticos e sociais do problema das drogas no mundo e apresentam programas de prevenção e tratamento com base na abordagem da redução de danos. (Acervo GLOBOSAT, Canal GNT)

MACONHA (*Grass*), Canadá, 1999. Direção de Ron Mann. Narração de Woody Harrelson. 79 minutos. 18 anos.

Divertido documentário que aborda a repressão à maconha nos Estados Unidos e no mundo. Resgata imagens hilariantes, nas quais o delírio conservador faz um terrorismo tão exagerado e ineficaz que vira piada. Quadrinhos psicodélicos do cartunista Paul Mavrides costuram o filme e dão um toque visual interessante ao trabalho.

NOTÍCIAS DE UMA GUERRA PARTICULAR, Brasil, 1998. Direção de João Moreira Salles e Kátia Lund. 56 minutos. 18 anos.

Documentário contundente sobre o narcotráfico no Rio de Janeiro. A dramática questão social brasileira está na origem da verdadeira guerra que policiais e traficantes travam nos morros cariocas. Depoimentos desconcertantes, imagens de adolescentes lidando com armas pesadas, o cansaço de um policial exposto a uma guerra diária são alguns dos elementos que compõem este talentoso trabalho cinematográfico.

QUÉ PASA DESPUÉS DE LA COCA?, Bolívia, 2006. Direção de Roberto Lanza. 84 minutos. 16 anos.

Setenta mil famílias vivem do cultivo da folha de coca na Bolívia, prática que vem sendo combatida e tornada ilegal. Procura-se até fazer a substituição de seu cultivo por outros produtos agrícolas. Só que isso não tem funcionado e abala tradições culturais milenares. O que há por trás dessa história e a que interesses não declarados ela se vincula? Esse é o tema deste documentário.

SCARFACE: A VERGONHA DE UMA NAÇÃO (*Scarface: the shame of a nation*), EUA, 1932. Direção de Howard Hawks. Com Paul Muni, Ann Dvorak, Karen Morley e George Raft. 99 minutos. Livre.

O mais famoso filme de *gangsters* da história do cinema, em preto e branco. Retrata o período da lei seca, em que o consumo, transporte e venda de bebidas alcoólicas eram crime nos Estados Unidos. Há uma outra versão, dirigida por Brian De Palma, de 1983.

TRAFFIC, EUA, 2000. Direção de Steven Soderbergh. Com Michael Douglas, Catherine Zeta-Jones e Benício del Toro. 147 minutos. 18 anos.

O comércio da droga, os cartéis que se enfrentam, a demanda por drogas que atinge as melhores e mais poderosas famílias, a atuação da polícia, do Judiciário, a batalha perdida da guerra contra as drogas são ingredientes deste filme que problematiza bem a questão, sem pretender encontrar respostas.

TRAINSPOTTING — SEM LIMITES (*Trainspotting*), Escócia, 1996. Direção de Danny Boyle. Com Ewan McGregor, Robert Carlyle, Ewen Bremmer e Johnny Lee Miller. 94 minutos. 18 anos.

Os jovens e as drogas, em especial a heroína, na periferia de Edimburgo. Um retrato criativo, realista e sem moralismos de uma juventude sem utopias, sem empregos e sem perspectivas.

VÍCIO MALDITO (*Days of wine and roses*), EUA, 1962. Direção de Blake Edwards. Com Jack Lemmon, Lee Remick, Charles Bickford e Jack Klugman. 117 minutos. 18 anos.

O drama do alcoolismo, suas constantes recaídas e seu poder destruidor, numa história de amor, prazer, frustração e luta. Há saídas, mas não sem sacrifício e sem contar com ajuda. É o que este clássico do cinema mostra. O título moralista que esse filme, em preto e branco, recebeu no Brasil não faz jus à sensibilidade com que o tema é tratado aqui.

Museus

Museu Elias Abrahão

Localizado em Curitiba, na sede da Divisão Estadual de Narcóticos — Denarc, da Polícia Civil do Paraná, a proposta desse museu é conscientizar jovens e adultos sobre os perigos e malefícios do uso de drogas. Seu acervo conta com mais de 300 peças: objetos usados para o consumo de narcóticos, medicamentos psicotrópicos, fetos de mulheres que abortaram por causa do uso de drogas etc. Parte desse material é resultado de apreensões feitas pela polícia. O museu poderá ser visitado mediante agendamento. Todos os visitantes serão acompanhados por uma psicóloga ou assistente social que integram o Centro Antitóxicos de Prevenção e Educação — Cape, da Denarc.

Horário de funcionamento: segunda a sexta-feira, das 8h30 às 18 horas.

Rua José Loureiro, 540, 1º andar – Curitiba – PR

Agendamento de visitas: (0xx41) 3232-8367 e (0xx41) 3232-2734

www.denarc.pr.gov.br

Drug Enforcement Administration Museum & Visitors Center

O objetivo do museu é educar os jovens sobre a história das drogas, o vício que elas causam e as leis vigentes para combater o tráfico, por meio de programas educacionais interativos, mostras e atividades. É possível fazer uma visita virtual no *link*: https://deamuseum.org/exhibits/ (em inglês).

Museu da Erradicação da Droga (*Yangon Drugs Elimination Museum*)

Este museu foi inaugurado pelas autoridades birmanesas, em Rangun, e seu principal objetivo é ilustrar os esforços do governo na luta contra o ópio. Mediante mapas, desenhos e fotos, o museu explica a guerra contra essa droga no Extremo Oriente. O problema da droga em Myanmar (antiga Birmânia) está intrinsecamente ligado à questão da unidade nacional, muito frágil desde a independência (1948), já que o ópio é produzido essencialmente nas zonas controladas pelas etnias rebeldes ou que recentemente chegaram à paz com o governo.

Museu do Hospital Municipal Souza Aguiar

Por diferentes motivos, algumas pessoas engolem os mais estranhos objetos. O Hospital Municipal Souza Aguiar é o único no Rio de Janeiro a realizar cirurgias para retirar os objetos dos pacientes 24 horas por dia. O número de objetos retirados de pacientes levou a direção a conservar no Museu da Saúde as peças extraídas. Há de escudo de time de futebol a pregos, apitos e até caroço de manga.

Há casos de pessoas que, ao se sentirem desesperadas, como no caso de tratamentos contra as drogas, acabam engolindo objetos estranhos. Dos assaltantes, os médicos costumam retirar cordões, relógios e anéis, engolidos na tentativa de se livrar do flagrante. E há os famosos casos de "mulas", traficantes que carregam a droga no organismo, mas acabam detidos.

Praça da República, 111
Centro — Rio de Janeiro — RJ
tel.: (0xx21) 3111-2732

Na Internet

Sites interativos dirigidos a adolescentes:

www.einstein.br/alcooledrogas

Hospital Albert Einstein

Outros *sites* informativos, onde também se podem encontrar serviços, locais de atendimento e tratamento em várias partes do Brasil:

https://www.facebook.com/ParceriaContraDrogas/?ref=page_internal

Associação Parceria contra Drogas

www.cebrid.epm.br

Cebrid — Centro Brasileiro de Informações sobre Drogas Psicotrópicas

www.unifesp.br/dpsicobio/drogas/drogas.htm

Departamento de Psicobiologia da Unifesp

www.feac.org.br

Federação das Entidades Assistenciais de Campinas

www.grea.org.br

Grupo Interdisciplinar de Estudos de Álcool e Drogas (GREA)

www.imesc.sp.gov.br/infodrog.htm

INFOdrogas — Instituto de Medicina Social e de Criminologia de São Paulo (IMESC)

www.antidrogas.com.br

Site independente cujo objetivo principal é conscientizar sobre os males causados pelas drogas.

www.senad.gov.br

Secretaria Nacional Antidrogas – Governo Federal

www.fmb.unesp.br/#!/departamentos/neurologia-psicologia-e-psiquiatria/projetos/viver-bem/projeto-viver-bem

Projeto Viver Bem – UNESP

QUEM SÃO OS AUTORES

ANA LÚCIA FERREIRA CAVALIERI

Arquivo pessoal

Graduada em Pedagogia pela Unesp de São José do Rio Preto, onde também concluiu especialização em Psicologia da Arte. Atriz formada pela Escola de Arte Dramática da USP, atuou em teatro e televisão. Além do trabalho desenvolvido na área teatral, graduou-se em Educação Artística e foi arte-educadora da rede particular de ensino. Foi professora da Habilitação de Artes Cênicas do curso de Educação Artística da Faculdade Mozarteum de São Paulo. A partir da experiência de trabalho desenvolvida com pré-adolescentes e adolescentes, escreveu o livro *Teatro vivo na escola*, publicado em 1998 pela Editora FTD. Atuou também em programas de *Valorização da Vida* e *Prevenção ao Uso Indevido de Drogas*, integrando a equipe multidisciplinar para o desenvolvimento de um trabalho regular e contínuo junto a alunos e funcionários no Colégio Pio XII, em São Paulo. Faleceu em 2007.

ANTONIO CARLOS EGYPTO

Arquivo pessoal

Antonio Carlos Egypto é psicólogo educacional e clínico, sociólogo e crítico de cinema. Atua desde 1987 no Grupo de Trabalho e Pesquisa em Orientação Sexual – GTPOS, do qual é membro fundador. Foi coordenador geral e técnico do Projeto de Orientação Sexual nas Escolas da Rede Municipal de Ensino da cidade de São Paulo, no biênio 2003/2004. Em 2002/2003, foi assessor da publicação e autor de textos para o projeto *Tá na Roda – Uma Conversa sobre Drogas*, de prevenção a drogas psicoativas, dirigido a educadores da Rede Estadual de Ensino do Estado de São Paulo, coordenado pela ECOS (Comunicação em Sexualidade) e Fundação Roberto Marinho. Atua como assessor da implantação e supervisão de projetos de *Orientação Sexual* e *Prevenção ao Uso Indevido de Drogas* em diversas escolas particulares de São Paulo e redes públicas de ensino. Dirige palestras, oficinas, cursos, apresentações em congressos e reuniões de assessoria em escolas, empresas, instituições e órgãos governamentais, em várias partes do Brasil. Tem mais de vinte anos de experiência em escola, é orientador educacional, pedagógico, coordenador e professor de projetos de Orientação

Sexual e Prevenção ao Uso Indevido de Drogas. É membro da equipe de elaboração dos Parâmetros Curriculares Nacionais do MEC para o Ensino Fundamental (6º ao 9º anos). Participa de programas de TV de projetos de *Ensino a Distância* do Ministério da Saúde.

Além disso, organizou os livros:

- *Orientação sexual na escola*: um projeto apaixonante. 2. ed. São Paulo: Cortez, 2012.
- *Orientação sexual*: educadores relatam experiências. São Paulo: GTPOS, 2006.

É coautor dos seguintes livros e publicações:

- *Diversidade sexual na educação*: problematizações sobre a homofobia nas escolas. Brasília: MEC/Unesco, 2009.
- *Antes-Durante-Depois* – Gravidez na Adolescência. São Paulo: GTPOS, 2002. (Material didático que inclui jogo, dinâmicas e textos de apoio para educadores.)
- *O prazer e o pensar*. São Paulo: Gente, 1999. v. 1 e 2.
- *Sexo se aprende na escola*. São Paulo: Olho D'Água, 1995.
- *Guia de orientação sexual* – diretrizes e metodologia. São Paulo: Casa do Psicólogo, 1994.
- *Sexo e juventude*. 7. ed. São Paulo: Cortez, 1990.
- *Sexo para adolescentes* – orientação para educadores. São Paulo: FTD, 1988.
- *Nossos corpos, nossas paixões* e *Evitando a gravidez*. Coordenados e publicados pela Fundação Carlos Chagas. São Paulo, 1985.

Foi responsável pela revisão e adaptação para o Brasil do *Dicionário de orientação sexual para adolescentes*, de Gill Mullinar. São Paulo: Melhoramentos, 1993.

Teve artigos, roteiros de aula, resenhas e críticas publicados nos boletins *GTPOS*, em *Veja na Sala de Aula*, no *Caderno de Pesquisa da Fundação Carlos Chagas*, no *Caderno de Saúde Pública da Fundação Oswaldo Cruz*, na revista *Nova Escola*, no boletim *Dicas Gerenciais da Credicard* e em boletins de outras organizações não governamentais.

É também coautor dos jogos e materiais didáticos *A Cidade e a Sexualidade* e *Brincando de Corpo e Gênero* (2004), e do vídeo didático *Você Soube da Márcia?* (2008), produzidos pelo GTPOS para a Secretaria Municipal de Educação da cidade de São Paulo.

Na internet, escreve regularmente críticas de cinema no *blog Cinema com recheio*.

ANTONIO CARLOS EGYPTO
e-mail: egypto@uol.com.br
blog: http://cinemacomrecheio.blogspot.com